# The Mafia's Wedding

Attention, ce livre aborde et décrit des sujets auxquelles les âmes les plus sensibles doivent faire attention : viol, automutilation, mutilation, trouble du comportement alimentaire, trouble anxieux, maladies mentales et de nombreuses violences.

D1719640

# Prologue

**Elías**

- Bonjour monsieur, fait un homme en se baissant comme si j'étais un roi.

Remarque, c'est un peu ce que je suis.

Hier, j'ai tout juste eu 21 ans. Je suis allé le fêter dans une boîte de nuit et je me suis tapé trois stripteaseuses en même temps, Elías Mulligan ne fait jamais dans le classique. Étant le seul prochain successeur des Mulligan, je suis celui qui reprend le titre de chef aujourd'hui. Mon père étant mort, ma mère n'ayant plus l'envie mordante de s'en occuper et ma tante Carita, la sœur de mon père, ayant une fille de 17 ans, il n'y avait pas d'autres options que moi. Et ça me convient parfaitement. Je suis fait pour régner sur quelque chose.

Qui dit chef, dit aussi mariage. Aujourd'hui, j'épouse la fille de la mafia norvégienne pour conclure une entente entre nos deux pays souvent en guerre par le passé. J'ai aperçu une photo d'elle, et c'est une déesse. Je compte bien prendre mon pied avec elle, enfin toujours « si elle en a envie, bien sûr » comme me l'a si bien répété ma mère.

Tiens, parlons-en de ma mère. Neala Mulligan. Cette femme a su se montrer téméraire et affronter la maladie avec moi. Elle a tué mon père un matin alors qu'il faisait une crise de schizophrénie et bien que je ne sois pas atteint de la même chose que lui, je souffre de démences et il m'arrive souvent de faire des crises psychotiques, peut-être parce que ma mère était enceinte de moi au moment où mon père l'a fait souffrir. Elle a été là pour moi alors que les maladies me rongeaient, alors que je tentais de lui faire du mal pour me sentir bien, et aujourd'hui je serais sans doute devenu aussi cinglé que mon père si elle n'avait pas été présente comme elle l'a été, bien qu'elle me gratifie toujours d'une claque derrière la tête à chaque fois que j'utilise ce terme pour le décrire.

Elle m'a parlé de lui, mon père. Cet homme schizophrène et bien plus encore, Bhaltair Mulligan. Et pour être honnête, elle aura beau me l'expliquer dix mille fois, je n'arriverais jamais à comprendre comment est-ce qu'elle a pu tomber amoureuse de lui. Je ne suis pas un saint, je tue et je torture parfois rien que pour le plaisir, mais ma mère m'a appris à ne jamais toucher aux femmes, sauf bien évidement si celles-ci sont des ennemies ou s'en prennent à moi les premières. Elle, elle a beaucoup souffert avec mon père. Bien qu'il ne l'ait jamais frappé par peur de l'abimer, il lui a fait bien pire. Je pense notamment à cette cicatrice qu'elle a sur le ventre, où on peut distinctement y lire le prénom de mon père. Elle dit qu'il lui tient compagnie, et je la trouve folle. Ma mère, elle aussi est schizophrène. C'est un stade beaucoup moins avancé que celui de mon père apparemment, mais ça lui arrive parfois d'entendre des voix.

À ma connaissance, elle ne s'est jamais remise en couple avec aucun autre homme. Elle a déjà flirté mais soi les hommes la trouvaient dérangée, sois ils jugeaient ce « côté sombre » que semble abriter chaque membre de cette famille.

- Alors, prêt à devenir un homme ? lance Liris, ma cousine et aussi la fille de Carita.
- Ce n'est pas moi le puceau ici, pucelle.
- Mouais, ceci est la réaction typique d'un gamin de douze ans.
- Ferme ta gueule, sinon je te fais le même tatouage que ta mère.
- Le même tat... ?

Au moment où elle semble comprendre, Carita arrive. Quand il était petit, mon père pensait avoir assassiné sa sœur en lui tranchant la carotide, mais elle est restée en vie et depuis, elle se balade avec une belle cicatrice sur le cou.

- Va prendre ta place, Liris. Et toi, ta mère t'attend à côté de l'estrade, au lieu de raconter des conneries à ma fille.

Un rire m'échappe tandis que ma cousine me montre son majeur. Puis, je me dirige là où Carita me l'a indiqué. J'y retrouve ma mère, vêtue d'une longue robe rouge qui lui va vraiment bien.

- Elías, fait-elle.

Elle s'approche de moi et réajuste mon costume. Je l'éloigne, pas très fan du contact physique, et remarque qu'elle est sur le point de pleurer.

- Il y a un souci ?

Un sourire triste prend place sur ses lèvres.

- Ça me rappelle des souvenirs, tout ça. Je ne savais pas tout ce qui m'attendait le jour où je me suis mariée avec ton père.

Un petit rire lui échappe.

- Ça y est, aujourd'hui Carita te cède officiellement le rôle de chef.

Je hoche la tête.

- Je suis désolée de ne pas avoir pu faire supprimer cette tradition du mariage avant de prendre le pouvoir. Certains considéraient cela beaucoup trop important pour qu'on le retire. Et en plus, ça existe depuis des générations.

Une larme solitaire roule le long de sa joue.

- Allez ne pleure pas, tu sais que tout le monde sera à mes pieds. Du moins encore plus qu'ils ne le sont déjà maintenant.
- Je ne sais pas si cet ego surdimensionné que tu possèdes depuis que tu es petit me plaît ou si au contraire, je le trouve ahurissant.

Elle semble réfléchir, puis reprend la parole.

- Oui, c'est ça.
- Quoi ?
- Je... ce n'était pas à toi que je m'adressais.

Elle me fait un grand sourire.

- Fais-moi plaisir et même si tu ne l'aimes pas, ne rends pas cette femme malheureuse.
- Et pourquoi pas ? Apparemment ça a fonctionné pour toi, je lance, moqueur.

Elle lève les yeux au ciel en souriant à nouveau.

- Elle n'est pas comme moi.

Je hoche la tête. Elle me salue, puis part s'assoir à la table de Carita, Liris, leur amie Nina et Valtteri, son fils, ainsi que les parents de ma future épouse. La table d'honneur. Je monte sur l'estrade, et c'est là que je vois ma future femme arriver. Elle est grande, elle ressemble à un mannequin et ses cheveux noirs laissent ressortir ses yeux noisette. Elle aussi semble me détailler. Puis, elle me lance un regard entendu : je suis son style. Un sourire vient prendre place sur mes lèvres et tandis que l'on nous officie, nous nous fixons droit dans les yeux.

- Comment est-ce que tu t'appelles ? je lui demande discrètement.
- Nous allons nous marier, et tu ne connais même pas mon prénom ? Je connais jusqu'au prénom de tes grands-pères, tués par des gangs ennemis. Tu étais au courant de ça au moins ?
- Comment est-ce que tu t'appelles ? je répète, un sourire amusé aux lèvres.
- Eeva. Je m'appelle Eeva.

Je hoche tranquillement la tête.

- Vous pouvez embrasser la mariée, j'entends soudain.

Ni une ni deux, sans aucune pudeur, j'attrape le visage de ma femme en mains et scelle ses lèvres aux miennes dans un baiser ardent qui promet un avenir sauvage, excitant et surtout rempli d'aventures. Des sifflements retentissent et lorsque je m'éloigne d'elle, je croise le regard de ma mère, qui sourit encore et semble avoir séché ses larmes. Elle a compris que mon épouse vierge et moi risquons de tellement bien nous entendre que les murs en trembleront ce soir...

*Cette femme est comme un rêve.*

# Chapitre 1

- Vous n'auriez pas vu ma femme, par hasard ? je demande à ma mère et ma tante.

Celles-ci secouent la tête de gauche à droite, et un soupire excédé m'échappe. Ça fait officiellement deux heures que je suis marié et si je commence déjà à perdre ma femme, ça ne va pas le faire. Je fais donc le tour du manoir et finis par la trouver, le dos contre un arbre, une clope à la bouche. Je m'approche d'elle et la lui arrache pour la fumer.

- Alors, pressée d'être à la nuit de noce ? je la questionne ironiquement.
- Mmh oui j'ai hâte, et t'as intérêt à tout déchirer, dit-elle avec un regard entendu.

Un sourire se dessine sur mes lèvres. Elle et moi allons bien nous entendre, je le sens.

- Et si la nuit commençait maintenant ? propose-t-elle soudain.

Je me tourne vers elle en haussant un sourcil. Elle s'approche lentement de moi et accroche ses bras derrière ma nuque.

- Ça fait vingt ans qu'aucun mec n'a jamais eu le droit de poser les mains sur moi. Tu sais ce que ça veut dire ?

Je hoche lentement la tête et la fixe droit dans les yeux.

- Ici ? je demande.

Elle lève les yeux au ciel.

- Je ne te demande pas de faire dans la dentelle, bien sûr ici. Embrasse-moi.

Alors, je balance la clope, l'attrape par la nuque et la plaque contre l'arbre brutalement, puis colle mes lèvres aux siennes. Un cri de surprise lui échappe, mais elle répond vite à mon baiser. Nos langues se rejoignent presque instantanément et tandis que ses mains s'enroulent à nouveau derrière ma nuque, les miennes la soulèvent sous les cuisses et la plaquent entre l'arbre et mon torse. Elle déboutonne ma chemise et me l'enlève, puis prend le temps d'admirer mon torse.

- Je suis persuadé que tu es en train de kiffer ce que tu vois.

Elle se mord la lèvre et lève le regard vers moi.

- Je suis contente que ça soit toi, celui destiné à me baiser jusqu'à la fin de ma vie.

Un rire m'échappe tandis que je rapproche ma bouche de son décolleté et commence à lui suçoter la peau pour lui faire un suçon, histoire de montrer à tout le monde qu'elle est à moi. Elle bascule la tête en arrière contre l'arbre en fermant les yeux, puis ses mains viennent légèrement me tirer les cheveux.

Lorsque j'ai fini de la marquer, je la pose au sol et la débarrasse de sa robe beaucoup trop encombrante, ce qu'elle m'aide à faire.

- J'en avais marre de porter cette chose ! s'exclame-t-elle.

Je ne lui réponds pas et m'agenouille devant elle. Lorsqu'elle semble comprendre ce que je m'apprête à faire, un sourire se dessine sur ses lèvres. Je secoue la tête.

- Tu n'as rien d'une fille pudique toi.
- Absolument pas. Et ne mens pas, ça te fait kiffer.

Un autre rire m'échappe, puis je m'approche de son entrejambe, la débarrasse de son string et prends une de ses jambes pour la mettre par-dessus mon épaule. Ensuite, je pose un doigt sur sa chatte. Elle réagit instantanément, ce qui me fait comprendre qu'elle ne ment pas en insinuant que c'est la première fois qu'un homme la touche. Je pose un deuxième doigt tout en guettant sa réaction et commence à les bouger.

- Mmh... Elías ?
- Ouais ?
- Je t'ai dit de ne pas faire dans la dentelle.
- Tu en es absolument sûre ?
- Oh que oui.

Très bien, alors je ne vais pas la ménager. D'un coup sec, j'enfonce mes deux doigts en elle, et un cri de surprise lui échappe à nouveau.

- Merde... jure-t-elle.

Je commence à faire des va-et-vient en elle à l'aide de mes doigts, et je la sens devenir de plus en plus moite contre moi. Alors, lorsqu'elle me semble assez mouillée, j'ajoute un troisième doigt. Quasiment immédiatement, une de ses mains se pose sur mon épaule et la presse comme si sa vie en dépendait. Elle a toujours les yeux fermés, et elle semble prendre son pied. Alors, j'accélère le mouvement et mes doigts glissent alors de mieux en mieux. Sa respiration est saccadée et des gémissements de plaisir lui échappent de temps à autre.

Lorsque je vois qu'elle est sur le point de venir, je les enlève brusquement.

- Oh, tu n'as pas fait ça ! s'exclame-t-elle en reposant sa jambe au sol et en ouvrant les yeux.

Elle croise ses bras sur sa poitrine.

- Oh que si, mais c'est seulement pour te faire kiffer encore plus.
- Me faire kiffer encore plus ? C'est-à...

Je ne la laisse pas finir de parler, l'attrape par les hanches et la retourne contre l'arbre. Son cul s'offre à moi alors j'appuie sur son dos pour la faire cambrer, et écarte ses cuisses à l'aide de mon genou.

- T'es prête à prendre encore plus ton pied ? je viens lui chuchoter à l'oreille.

Et alors, une nuée de frissons parcourt son corps.

- Bien sûr... dit-elle faiblement, haletante.

Alors, je retire mon pantalon de smoking, mon boxer, et approche ma queue de son entrejambe. Je la pose juste à la limite, et tâte le terrain. Elle est encore parfaitement mouillée. Je la rentre donc de quelques centimètres, et la sens se crisper. Je l'avance un peu plus et c'est là que je sens une résistance. Sa virginité...

- Prête ?
- Je n'ai jamais été aussi prête pour quoique ce soit de ma vie.

Alors, sans perdre une seconde de plus, je pousse en elle et sens cette résistance se briser. Je l'entends grogner légèrement mais elle ne dit rien. Je laisse donc ma queue en elle quelques secondes, le temps que son intérieur se fasse à moi, et la ressors.

Puis, je répète ce mouvement une deuxième fois. Ensuite, j'accélère un petit peu la cadence, et elle semble apprécier. Lorsque je ne sens plus aucune crispation de sa part, je commence à sérieusement accélérer le rythme. Je commence à être plus brutal, plus bestial, et elle semble aimer puisque ses gémissements se font de plus en plus nombreux. Pour lui donner plus de sensation, je descends une de mes mains jusqu'à sa chatte et la caresse tout en la baisant. Elle semble réellement prendre son pied puisqu'à ce moment précis, je la sens jouir autour de ma queue. Ça ne dure pas longtemps, mais assez pour me faire comprendre que j'ai fait du bon boulot. Je ne tarde pas à la rejoindre, ce qui me fait penser que moi aussi, j'ai pris mon pied, et encore plus que je ne le pensais...

**

**Eeva**

- Mais où est-ce que vous étiez ?? Ça fait vingt minutes que l'on vous cherche partout ! s'exclame ma mère lorsque je reviens des bois.

Je lance un regard complice à Elías, regard qu'il me retourne. Ah, si elle savait.

- J'avais besoin de prendre un peu l'air, je lui réponds simplement.

Ou alors j'ai omis de te dire que lorsque je fumais ma clope, je me suis faite dépucelée par mon tout nouveau mari, qui me semble au passage vraiment très bien membré.

- Bon, d'accord. Mais viens t'asseoir, la soirée n'est pas terminée !

Coucher, j'en aurais eu l'occasion des centaines de fois avant de me marier, autant avec des mecs qu'avec des filles, mais je tenais à rester vierge. Je me disais que l'attente ne rendrait que le moment encore meilleur. Et ça a été le cas !

- Eeva, tu m'as entendu ? Viens t'asseoir, dit ma mère en me prenant le bras.

J'ai immédiatement un geste de recule et la repousse. Elle me regarde en fronçant les sourcils.

- Euh... excuse-moi, je suis un peu fatiguée.

C'est tout ce que je trouve à dire. Elle ne me répond pas et repart s'asseoir, alors je la suis. Ça m'arrange, puisque je suis assise à côté d'Elías.

- Tiens, mange un peu de gâteau, tu n'as rien avalé de la soirée, dit-elle.

Je prends l'assiette qu'elle me tend avec un sourire et la pose à côté de moi avec dégoût. Ça fait plusieurs années déjà que je n'arrive plus à manger correctement. Ou bien j'ai des phases d'anorexie maladive, ou tout le contraire, je fais des crises de boulimie, c'est-à-dire que je mange jusqu'à n'en plus pouvoir et la plupart du temps, ça me fait vomir. Ça s'est déclenché à la puberté, à cause du regard et des commentaires des hommes sur mon physique. Il faut tout le temps que je sois « parfaite », et même si j'arrive à l'être à l'extérieur et à montrer une confiance en moi inébranlable, mon intérieur est beaucoup plus faible que ce que je ne laisse paraître.

Pendant qu'Elías discute avec mon père de l'avenir qu'il voit pour la mafia, je jette un coup d'œil à Liris, sa cousine. Elle est un peu plus jeune que moi à ce qu'on m'a dit mais elle est très têtue. Comme elle est elle aussi assise à côté de moi, j'en profite pour lui parler.

- Alors, c'est toi la cousine qu'il ne faut pas embêter ?
- Exact, fait-elle avec un petit sourire triomphant. Contente qu'on t'ait parlé de moi. J'avais entendu parler de toi avant que tu ne sois désignée comme épouse pour Elías.
- Ah oui ? Et qu'est-ce que l'on disait ?

Elle plisse les paupières.

- Tu es sûre de vouloir le savoir ?

Honnêtement, non. Ça doit tout le temps être la même chose. Mais comme je n'ai rien d'autre à faire, je l'encourage à poursuivre.

- Les mecs voudraient tous t'avoir dans leur lit. Apparemment tu es un très, très gros fantasme pour eux, grâce à tes cheveux foncés et tes yeux clairs.

Elías se tourne alors dans notre direction.

- Qui est le fantasme de qui ? demande ce dernier.
- Ta femme, répond Liris. Tu sais que tous les mafieux présents ce soir aimeraient se la taper ?
- Ouais, je le sais. En attendant, ce n'est pas eux qui viennent de la baiser dans les bois. Oh, et le premier qui pose un regard un peu trop insistant sur elle finit six pieds sous terre.

Un rire m'échappe devant la tête ahurie de Liris.

- Non attends, ce n'est pas vrai... vous venez de baiser dans les bois ??
- Bah ouais qu'est-ce que tu crois ? Elle n'a pas su résister à mon charme. C'était cuit pour moi à l'instant même où elle m'a vu.

Je lève les yeux au ciel.

- Tu n'as pas eu l'air de rejeter mon envie à ce qu'il me semble, je lance en haussant les sourcils.
- Effectivement.

Je tourne la tête en sentant un regard sur moi, il s'agit de Neala Mulligan, ma belle-mère. Je lui envoie un petit sourire, qu'elle me retourne.

- J'aime beaucoup ton tatouage sur le bras, lance soudain Liris, me faisant détourner le regard.
- Oh, merci !

C'est un petit tatouage niché juste au-dessus de mon avant-bras « ad vitam », c'est du latin qui signifie « à vie ».

- Qu'est-ce qu'il signifie ?

Un sourire gêné prend place sur mon visage.

- Tu ne vas peut-être pas me croire, mais je ne me souviens absolument pas l'avoir fait.

Cette fois-ci, c'est le regard de mon père que je sens peser sur moi. Je l'interroge du regard, et celui-ci détourne la tête. Je fronce les sourcils mais ne dis rien.

- Tu l'apprécies mon cousin ? demande alors Liris.
- Il m'a l'air cool pour le moment.
- Ça, c'est parce que tu ne l'as pas encore supporté pendant une crise psychotique ou une crise de démence.
- Ta gueule Liris, lance son cousin.

- Je ne fais qu'évoquer un fait, même si tu n'es pas aussi atteint que ton père semblait l'être, tu n'es pas totalement saint d'esprit pour autant. Tu vois cette cicatrice ? fait-elle en se tournant vers moi.

Elle m'indique une petite tache au-dessus de son sourcil gauche.

- Ça, il me l'a fait en me cognant la tête contre un mur lorsqu'il ne se contrôlait plus.

Je hausse les sourcils et me tourne vers mon nouvel époux.

- Si tu me touches, je te tranche la gorge.

Un sourire provocant naît sur ses lèvres.

- Tu en serais bien incapable maintenant que tu sais ce que je peux faire de mon corps.

Sa phrase me réchauffe instantanément.

- Et toi là, fait-il en se tournant à nouveau vers sa cousine, je t'assure que je te fais la même chose que mon père a fait à ta mère si tu continues à ouvrir ta bouche.
- Mouais, et je te ferais la même chose que ta mère a fait à ton père dans ce cas.
- Au moins moi, je connais l'identité de mon père.

Un silence s'installe et Liris fait un doigt à Elías.

- Alors les enfants, il serait peut-être temps d'aller consommer votre mariage ! lance soudain Carita en nous prenant tous les deux par les épaules.
- Ouais... bien sûr, fait Elías.

Tout le monde autour commence à crier. Lui et moi nous levons, et sans que je m'y attende, il m'attrape par le bras et vient me coller à lui. Et là, il pose sauvagement ses lèvres sur les miennes et commence à m'embrasser en y mettant toute l'envie qu'il ressent. Je l'embrasse en retour, sous les cris des convives. Puis, je le prends par la main et nous quittons la salle sous des cris d'encouragement. Il me monte jusqu'à sa chambre qui est désormais notre chambre et lorsque nous y parvenons, il ferme la porte derrière lui.

- Je te préviens, pas plus de sexe ce soir, j'aurais du mal à le supporter.
- Ok, mais dans ce cas que pouvons-nous bien faire, madame Mulligan ?

*Madame Mulligan.* Honnêtement, je trouve que ce nom sonne vraiment très bien...

# Chapitre 2

- Et si on allait s'amuser ? je lui propose.
- Il n'y a pas cinquante mille manières de s'amus... fait-il en s'approchant de moi, mais je le coupe en posant une main sur son torse pour le maintenir à distance.
- Et si on allait faire tourner les mafieux en bourrique ?
- Hein ?
- Si on allait les faire tourner en ridicule ? C'est-à-dire par exemple qu'on les pousse à dire des choses qu'ils ne diraient pas s'ils n'étaient pas sous le contrôle de l'alcool et des drogues, on les enregistre, et on le partage à tout le monde demain matin.

Un sourire joueur prend place sur ses lèvres.

- Tu sais que tu m'plais toi ?

Je souris à mon tour.

- Oui, je le sais.

Nous sortons donc de sa chambre, bien que tout le monde s'attende à ce que nous y restions encore un long moment. Et c'est là que du haut des escaliers, tous les regards se tournent vers nous.

J'ai l'impression qu'ils me jugent, et qu'ils parlent de mon physique. Mon père me regarde lui aussi, et une sensation désagréable s'empare soudain de moi. Ça ne va pas. Tous ces regards sur moi me mettent très mal à l'aise. J'entends quelqu'un respirer très bruyamment, et je me rends compte qu'il s'agit de moi-même. Je sens ma température corporelle chuter brutalement et je commence à voir flou.

Des voix me parviennent, mais elles semblent si loin et si proches en même temps qu'il est impossible pour moi de comprendre la moindre chose de ce qu'elles disent. Je sens des picotements remonter le long de mon corps et je commence à avoir du mal à respirer.

Que se passe-t-il ? J'ai l'impression que quelqu'un est en train d'appuyer de toutes ses forces sur ma cage thoracique, et je panique. Je panique énormément. Ma respiration, que je n'entends que de très loin, se fait de plus en plus saccadée. Mon souffle se coupe et j'ai du mal à respirer correctement. J'ai l'impression qu'on m'étouffe.

Je vois tous ces regards accusateurs autour de moi, et je les discerne très mal. J'ai soudain l'impression que ma température corporelle augmente beaucoup trop d'un coup. Je suffoque. J'ai l'impression que l'on me coupe ma respiration et qu'on me comprime de l'intérieur. Je sens mon cœur battre si fort qu'il semble sur le point d'exploser. Je tente de prendre une bouffée d'oxygène mais je m'en vois incapable. Je n'arrive plus à respirer.

- Eeva !

Je tourne la tête vers ce visage familier, mais c'est impossible pour moi de résonner correctement et de mettre un prénom sur cette personne. Les battements de mon cœur tambourinent forts contre ma poitrine, et j'ai l'impression que l'on est en train de me serrer la gorge. Je me sens comme spectatrice de ce tableau qui a lieu dans mon corps, mais que je ne peux ni contrôler ni modifier.

- Eeva !

Je ferme soudain les yeux et me laisse tomber au sol. Ma respiration commence à se calmer, et je parviens à prendre une bouffée d'air. J'ouvre les paupières et c'est à ce moment-là que je reconnais ma mère.

- Eeva, qu'est-ce qu'il se passe ?

Je la regarde droit dans les yeux mais je me vois incapable de lui répondre quoique ce soit. J'inspire un grand coup, puis expire de la même manière. J'ai besoin de revenir à moi. Je ne sais pas ce qu'il s'est passé, mais ça m'a fait peur. J'ai eu l'impression que j'allais mourir.

Ma mère me secoue et c'est à ce moment-là que je parviens à devenir un peu plus cohérente.

- Je... j'ai besoin d'un verre d'eau... je fais en posant une main contre mon front.
- Que quelqu'un aille lui chercher à boire ! ordonne ma mère.

Et on ne tarde pas à me ramener un verre d'eau, que je vide d'une traite. Tous les regards sont braqués sur moi. Je pensais aimer ça, mais je me rends finalement compte que ça me stresse plus qu'autre chose. Et s'ils pensaient que j'ai grossi ? Je suis persuadée qu'ils me regardaient tous parce qu'ils pensaient que j'avais grossi. J'ai trop mangé aujourd'hui, il faut que je me fasse vomir.

- Maman ? je fais en redressant le visage dans sa direction.
- Oui ?
- Tu... tu peux faire apporter le gâteau dans ma nouvelle chambre ? Et une bouteille d'eau ?
- Tout le gâteau ? Il reste un étage complet.

Je hoche la tête. Je suis sûre qu'ils m'ont tous trouvé horrible à regarder. Je me relève péniblement et marche jusqu'à ma nouvelle chambre, dans laquelle je m'enferme.

Ce n'est que lorsque l'on m'apporte le reste du gâteau et la bouteille d'eau, à peine une minute plus tard, que je l'ouvre. Elías rentre également, et à ce moment-là ce n'est pas vraiment de lui que je me préoccupe. Je verrouille la porte derrière moi et à l'aide de la fourchette que l'on m'a donné, je commence à dévorer le gâteau.

- Je croyais que tu n'avais pas faim ?
- J'ai changé d'avis.

Plus vite je le mangerai, plus vite je serai dégoûtée, et plus vite je vomirai. Je ne veux plus que ces hommes me regardent comme ils l'ont fait. Je suis persuadée que c'était du dégoût dans leurs yeux, et je ne saurais même pas m'expliquer pourquoi.

Alors, je mange, je mange et je mange jusqu'à finir le gâteau, sous le regard insistant de mon époux. Puis, lorsqu'il ne reste plus rien, je m'empare de la bouteille d'eau et commence à la vider rapidement. J'en bois les trois quarts, et la réaction est presque immédiate. Je cours jusqu'à la salle de bain mitoyenne à notre chambre et vomis tout ce que je viens d'avaler, et je l'espère plus encore, comme notamment ce que j'ai mangé à midi. Tout ce qui sortira de mon estomac est ce qui n'ira pas dans ma chair pour me faire prendre du poids.

Lorsque j'ai fini de me vider, je m'assois le long du mur à côté des toilettes, et m'essuie la bouche d'un revers de main. Je sens le regard accusateur d'Elías peser sur moi.

- Oh, ne me regarde pas comme ça toi. On ne se connaît pas, et je ne veux pas qu'un inconnu se permette de juger ce que je fais.

Il me dévisage un long moment sans répondre, puis finit par prendre la parole.

- Liris t'a parlé de mes crises psychotiques et mes crises de démence, mais toi aussi t'es malade. Et pas qu'un petit peu, ça c'est certain.


## Elías

Pendant que je la regarde se vider, je me rends compte qu'elle a un sérieux problème. Elle fait une attaque de panique et elle se met à bouffer pour se faire vomir ? Il y a quelque chose qui cloche quand même. Lorsqu'elle se pose contre un mur, je ne peux m'empêcher de lui lancer un regard accusateur.

- Oh, ne me regarde pas comme ça toi. On ne se connaît pas, et je ne veux pas qu'un inconnu se permette de juger ce que je fais.

Je la dévisage un long moment sans répondre, puis finis par prendre la parole.

- Liris t'a parlé de mes crises psychotiques et mes crises de démence, mais toi aussi t'es malade. Et pas qu'un petit peu, ça c'est certain.

Elle détourne le regard.

- Je vais sortir dire aux autres que tu vas bien, mais tu restes là. Il est hors de question que tu te remettes à manger comme ça.
- Oh oui, parce que ça serait trop con que ta femme devienne obèse ! s'exclame-t-elle lorsque je passe le pas de la porte.

Je fronce les sourcils et commence à sentir quelque chose remuer en moi. Ce n'est pas bon... pour elle.

- Quoi ? Tu crois que j'en ai quelque chose à foutre de ton physique ?? je lance en me tournant brusquement vers elle, la faisant sursauter. Je voulais seulement accéder au rôle de chef. La seule chose que je te demande c'est d'avoir un vagin, pas de me briser les couilles, ok ?

Elle fronce les sourcils à son tour.

- Ça ne va pas ou quoi ? Tu ne passes pas tes nerfs sur moi !

Je passe une main nerveuse dans mes cheveux.

- Je passe mes nerfs sur qui je le veux, je suis le chef bordel !
- Tu t'énerves tout seul là, c'est complètement...

Et elle semble réaliser que je ne fais pas que m'énerver.

- Attends, tu vas commencer une crise psycho je ne sais quoi là ?

J'inspire un grand coup et m'adosse au lavabo juste à côté de moi.

- Ouais, ça s'peut. Et je te préviens que si tu commences à me les briser, il y a un requin au -1 qui sera ravi de faire ta connaissance.

Ouais, mon taré de père avait fait ramener un grand requin blanc d'Australie jusqu'ici en Finlande pour effrayer ses ennemis, ou les déchiqueter, ça dépendait des jours. Hiomakone est son prénom, ce qui signifie littéralement « broyeur ». Ma mère m'a dit qu'il ne servait plus à ça depuis la mort de mon père, mais je sais qu'elle me ment, il m'arrive d'entendre des gens crier quand je me lève pendant la nuit. Et puis j'ai accès aux caméras de vidéosurveillance.

Eeva se redresse, s'approche de moi et me pousse. Je manque de trébucher. Énervé, je l'attrape par les poignets, la pousse sur le lit et m'assois à califourchon sur elle.

- Tu vois là, tu n'es pas en mesure de tenter quoique ce soit contre moi.
- Ah bon tu penses ?

Et sans que j'ai le temps de l'anticiper, elle envoie son genoux dans mon entrejambe. Je tombe sur le côté du lit en jurant et elle part s'enfermer dans la salle de bain. J'inspire un grand coup et envoie valser la table de nuit d'un coup de pied. Je n'arrive pas à contrôler mes pulsions lorsque je suis en pleine crise, et je crois que sa boulimie est ce qui l'a déclenché. Je m'approche de la porte de la salle de bain et commence à frapper contre celle-ci, très fort.

- Ouvre !
- Va te faire foutre !
- Je vais défoncer la porte !
- Et moi ta gueule si tu te permets d'entrer !

Un faux rire m'échappe. Elle n'a clairement pas peur de moi, pourtant elle devrait. Je donne un premier coup d'épaule dans la porte, mais celle-ci ne cède pas. J'en donne deux autres et c'est seulement au bout du quatrième qu'elle s'ouvre. Mais je n'avais pas anticipé qu'elle se tiendrait derrière avec la brosse à chiotte et elle m'assomme avec. Je tombe au sol et elle sort tranquillement de la pièce.

- Moi aussi je sais me défendre, dit-elle.

Il faut que je me calme. Je reste donc allongé au sol et me concentre sur ma respiration. J'inspire, j'expire, et j'arrive à réguler mon rythme cardiaque. Je ne l'entends plus, alors je ne sais pas si elle est partie ou bien si elle est encore là.

Je reste allongé à même le sol une dizaine de minutes en me focalisant seulement sur la manière dont je respire. Je vois mon torse s'abaisser et s'élever à un rythme de plus en plus régulier.

Quand enfin, je me sens plus calme, je redresse la tête et vois Eeva assise sur le lit en train de me regarder. Je me lève et pars m'allonger à côté d'elle.

- Je crois qu'on va vraiment bien ensemble toi et moi, je commente.
- Merde, c'est clair.

Je me redresse.

- Dors. Je vais aller voir les autres et leur dire que c'est fait.
- Que quoi est fait ?
- Que je t'ai défloré.
- Ah, oui.

Je me lève donc et quitte la chambre. En sortant dans le couloir, je tombe sur Nina, l'amie de ma mère et de ma tante, ainsi que son fils Valtteri. Même s'il est un peu plus âgé que moi, comme il n'a aucun lien de parenté avec l'ancienne chef, Carita, il ne pouvait pas reprendre le pouvoir.

- Alors ? fait ce dernier.
- C'est fait, je réponds avec un sourire. Et elle m'a fait prendre mon pied.

Il me serre la main, comme si j'avais besoin de ça, et part vers sa chambre. Nina me sourit. Cette femme a une histoire compliquée. Elle a mis du temps à l'avouer à ma mère, mais lorsqu'elle vivait encore avec son cousin, il l'a violé. Elle s'est échappée en apprenant qu'elle était enceinte de lui, et a pu revenir seulement quand mon père et ma mère l'ont assassiné à coups de homards sur sa queue, il me semble. Valtteri est donc le fruit d'un inceste.

- Tu as été gentil avec elle au moins ?
- Sans te mentir, c'est elle qui m'a sauté dessus.

Un rire lui échappe.

- Pour l'avoir déjà rencontré, je veux bien te croire. Elle n'a pas froid aux yeux, mais elle a l'air gentille. Tu sais pourquoi est-ce qu'elle a fait une crise de panique tout à l'heure ?
- Non, pas du tout. J'en parlerai avec elle demain.

Liris, Carita et ma mère arrivent à ce moment-là.

- Vous l'avez fait ? me demande cette dernière.

Je hoche la tête.

- Bravo, tu as le droit à une médaille pour avoir probablement dû te choper ta centième MST, se moque Liris.
- Moi au moins j'ai déjà baisé.

Elle me montre son majeur, son geste préféré. Valtteri sort de sa chambre après avoir entendu sa voix. Ça fait des années qu'il tente de la séduire, sans y parvenir.

- Bon, on va vous laisser dormir alors, vous avez besoin de vous reposer. On ira prévenir les autres que c'est fait.
- Merci, bonne nuit.

Elles me saluent tandis que je retourne dans ma chambre. Eeva est déjà couchée et semble endormie, ça n'aura pas été long. Je me demande bien pourquoi est-ce qu'elle s'inflige tout ce qu'elle s'est fait ce soir. Je suis persuadé qu'il y a une raison derrière ça, et je suis bien déterminé à trouver de laquelle il s'agit...

# Chapitre 3

**Eeva**

Je me réveille avec un sacré mal de tête. Je pars dans la salle de bain et me regarde, puis je remarque un petit détail doré à mon doigt. Merde Eeva, t'es une femme mariée maintenant !

J'allume la douche et file dessous, tout en regardant ce tatouage dont je ne me souviens pas sur mon bras, « ad vitam ». J'ai l'impression que j'ai oublié une partie de ma vie avant mon mariage. Je ne sais pas depuis quand ni pourquoi je l'ai, comme si on m'avait fait un lavage de cerveau. Pourtant, je ne me suis pas faite enlevée par des extra-terrestres ou une connerie du genre. Je frotte mon corps et remarque, à l'intérieur de mes cuisses, des zébrures. Merde, pourquoi est-ce que j'ai la peau mutilée ? Je n'en ai encore aucun souvenir... il faudrait peut-être que j'en parle à Elías, c'est le chef de la mafia finlandaise, il aura peut-être des réponses à me donner.

En parlant du loup, le voilà qui entre dans la salle de bain, à poil, et il ne se prive pas de me regarder.

- Alors, t'es redevenue normale aujourd'hui ? me demande-t-il.
- Et toi ?

Un rire lui échappe tandis qu'il me rejoint sous la douche.

- Eh ! Qu'est-ce que tu fais ? Je me douche là.
- Ah ouais ? On peut la prendre ensemble, dit-il en me rapprochant de lui en enroulant son bras autour de ma taille.
- Bien essayé, mais non. Je tiens à être propre.

Il grogne mais me relâche. Remarque, cette situation est plutôt intéressante. Je fais alors tomber le shampoing que je tiens dans ma main.

- Oups...

Et je me baisse pour le ramasser, le cul en l'air, sachant pertinemment qu'il est en train de me mater.

- Eeva, n'essaye pas de tester ma résistance...
- Mais je ne fais rien de ça, je lance en me redressant vers lui.

Puis, je lui passe le gel douche.

- Tu peux m'en mettre dans le dos ?

Il s'empare de la bouteille et je me tourne. Il commence à me frotter énergiquement le dos et ses mains descendent près de mes fesses.

- Eh, lève tes mains.

Il les remonte, sans échapper un soupire d'agacement. Je commence à shampouiner langoureusement mes cheveux en me tournant vers lui. Puis, je m'empare du gel douche et commence à en verser sur ma poitrine, qu'il ne quitte plus du regard.

- Je vais te b...
- Brosser les cheveux ? Ça serait avec plaisir, le shampoing les emmêle.

Il me prend le gel douche des mains, en met dans l'une des siennes, et commence à s'en mettre sur le corps tout en se mettant sous le jet d'eau. Ça dégouline le long de son corps et dans ses cheveux, ce qui lui donne un côté légèrement sauvage et affreusement sexy. Je réalise que je suis en train de le mater seulement lorsqu'il se retourne avec un sourire triomphant.

- Enlève ce sourire.
- Oh non, je ne pense pas.

Il remet du gel douche dans sa main et commence à se nettoyer... en bas. Je ne le quitte pas du regard pendant qu'il se touche, et relève les yeux seulement lorsque sa main retourne sur son torse.

- Laisse-moi l'eau, je dis simplement.
- D'accord.

Je me glisse sous le jet et immédiatement, un cri m'échappe.

- Connard ! Remets l'eau chaude !
- Non, le spectacle de tes tétons qui pointent est très plaisant, je trouve.

Je cherche la manette de l'eau chaude mais évidemment, il garde sa main dessus et m'empêche de partir. Je commence à frissonner, et il semble le remarquer. Alors, il remet l'eau chaude. Mais... beaucoup trop chaude. Je parviens à m'éloigner avant qu'elle ne devienne brûlante, et ne manque pas de l'insulter tandis qu'il se fout de ma gueule.

- Connard ! Va te faire foutre !

- Du calme, chaudasse. L'eau froide c'est bon pour la peau.
- Ah ouais ?
- Ouais.

Et tandis qu'il met la tête sous le jet pour se rincer, je remplis un grand verre d'eau froide au lavabo, et le lui balance dessus.

- Putain ! s'exclame-t-il.

Il sort de la douche et je croise mes bras sur ma poitrine.

- L'eau froide c'est bon pour la peau, je lance en reprenant ses mots.

Je m'empare d'une serviette et l'enroule autour de mon corps tandis qu'il retourne sous la douche en m'insultant. Un petit rire m'échappe. Eeva 1, Elías 0.

Je sors de la salle de bain et commence à avoir une petite faim. Mais je me suis donnée en spectacle hier, et je n'ai pas envie que qui que ce soit du personnel me voit manger et me trouve grosse. Alors, je vais sauter le petit-déjeuner, ça sera mieux comme ça.

- Où est la grande garde-robe où j'ai fait livrer mes nouveaux vêtements ? je demande à Elías en rentrant ma tête dans la salle de bain.
- Au -1.

Je sors de la pièce et descends donc deux étages. C'est bien, vivre ici va me faire perdre des calories. Puis, une fois au -1, plusieurs pièces s'offrent à moi. Alors, j'ouvre la porte de la première et plaque immédiatement une main sur ma bouche. Alors il ne blaguait pas en disant qu'il avait un requin...

- Hey beauté, je fais en m'approchant du bassin qui me semble bien trop petit pour une bête de cette taille.
- Bonjour.

Je sursaute et me tourne vers Neala, la mère d'Elías.

- Oh bonjour, excusez-moi, je ne savais pas que vous étiez ici. Je cherchais la garde-robe.
- Oui, je passe du temps avec un vieil ami.
- Euh... il y a une jambe qui flotte dans le bassin de votre ami.

Elle s'y tourne immédiatement d'un air gêné.

- Ah, oui ! Oups. Ne le dis pas à Elías, il n'est pas au courant que Hiomakone travaille encore.

Un rire m'échappe.

- Du peu que je connaisse déjà votre fils, je pense qu'il s'en doute.
- Mmh, pas faux.
- C'était le requin de votre mari ?

- Exactement. D'ailleurs, j'ai rencontré cet animal de la même manière que toi, en cherchant la garde-robe.

Un rire m'échappe.

- On ne va pas vous embêter longtemps, moi, Carita, Nina et les enfants. On partira en début d'après-midi pour vous laisser profiter de votre maison.
- Rien ne presse, c'est chez vous ici.
- C'est sûr que ça va me faire bizarre de quitter cette maison. Un jour, mon mari Bhaltair m'a obligé à regarder ce requin démembrer un homme.

Je hausse un sourcil.

- Ce n'était pas un tendre, votre mari.
- Effectivement, mais il a été gentil à la fin. Il s'est sacrifié pour me... sauver, de lui-même.

Je ne comprends pas trop la relation qu'ils avaient, mais hoche la tête. Après tout nous sommes dans la mafia, et une relation normale ne serait-elle pas considérée étrange ?


**Elías**

Lorsque Eeva revient dans la chambre vêtue d'une robe violette, moulante et bustier, je ne peux m'empêcher de la regarder. J'ai épousé une femme somptueuse, je ne peux prétendre le contraire.

- Il va falloir que j'en tue des mecs ce soir, je lance.

Elle incline la tête sur le côté.

- Comment ça, ce soir ? On sort ?
- Oui. Hier nous nous sommes mariés, alors ce soir nous avons une réception avec pleins de grands dirigeants des mafias voisines et des puissants gangs et cartels, pour me présenter officiellement comme le successeur de Carita.

Elle hoche la tête.

- D'ailleurs je me demandais comment est-ce qu'ils ont réagi tous ces types en apprenant que c'était Carita, une femme, qui allait être à la tête de la mafia après ton père ?
- Ça en a énervé plus d'un, puisque de base c'est interdit.
- Et c'est super sexiste.
- Ce n'est pas moi qui fais les règles. Mais puisque quelques jours avant sa mort, mon père avait soussignée sa sœur comme co-cheffe, alors c'est à elle qu'est revenue la place, et les hommes l'ont donc très mal pris. Mais ma mère est tarée, et ma tante n'est pas très équilibrée non plus. Le moindre homme qui faisait une remarque déplacée se prenait une balle en pleine tête. Elles dirigeaient, alors on ne pouvait rien leur dire.

- Et ta mère a dû se faire mépriser, non ? Pour avoir assassiner l'homme qui était à sa tête avant.
- Oh oui, mais comme on a appris qu'elle était enceinte de moi, les tensions se sont apaisées. N'empêche, elle a quand même gardé des gardes du corps qui la suivaient à la trace pendant deux ans.
- La pauvre.

Il hochait la tête.

- Tu as eu l'occasion de lui parler ?
- Non, je mens.
- J'ai accès aux caméras de surveillance.
- Ah, ok. On a discuté oui, ça a l'air d'être une femme forte.
- Elle l'est.
- Heureusement que tu n'es pas comme tous ces machos qui pensent que les femmes n'ont rien à faire dans la mafia.

Un rire m'échappe.

- Si tu gardes cette robe, je vais devenir ce gros macho qui n'en aura qu'après ton corps.

Elle me tape le torse.

- Arrête de raconter des conneries.

Des coups frappés à la porte nous interrompent.

- C'est Liris ! Si vous êtes nus habillez-vous, j'entre !

Et trois secondes plus tard, ma cousine débarque.

- Ah c'est bon, vous êtes prêts. On vous attend pour prendre le petit-déjeuner avec Valtteri, entre jeunes.

Je vois Eeva détourner le regard, et je repense à son épisode d'hier soir.

- On arrive, je lance. Ta mère, la mienne et Nina ne se joignent pas à nous ?
- Elles sont parties régler un truc il y a deux minutes.

Je hoche la tête. Nous sortons donc de la chambre et tandis que ma femme passe devant, je reste en retrait avec Liris.

- Alors, comment ça se passe vous deux ?
- Très bien. Et toi, t'es allée rejoindre Valtteri dans sa chambre en pleine nuit ?
- Bien sûr que non, sale fou.
- Il ne t'intéresse pas ?
- Je le connais depuis que je suis née, je le vois plus comme un frère qu'autre chose.
- Nous sommes dans la mafia, l'inceste existe.
- Étant le fruit d'un viol incestueux, je pense qu'il comprendrait mon point de vu.

Je hochais la tête.

- Sans doute.

Un petit silence se fait, puis elle reprend la parole.

- Ce matin, ma mère m'a dit qu'elle trouvait ta femme super jolie, et j'ai eu peur qu'elle ne me dise qu'elle avait envie de se la taper.

Ma tante Carita aime autant les hommes que les femmes, et je m'amuse souvent à répéter à Liris qu'à tout moment, l'une de ses amies pourrait devenir sa belle-mère. Elle est le fruit d'un coup d'un soir, donc elle ne connaît pas l'identité de son père.

- Je ne la laisserai pas regarder ma femme, de toute manière. Tante ou pas, il y a du respect à avoir.
- Bien sûr, et d'ailleurs elle ne m'a pas dit qu'elle allait le faire.

Nous arrivons à ce moment-là dans la salle à manger, où Eeva et Valtteri nous attendent. Je m'assois à côté de ma femme et Liris s'assoit à côté de lui.

- Alors, cette première nuit ? demande Valtteri en me serrant la main.
- Elle s'est endormie tout de suite, elle n'est pas drôle, je lance.

Eeva se tourne vers moi en haussant les sourcils.

- Tu as ronflé, ça m'a donc réveillé et je n'ai pas dormi de toute la nuit.
- Je sens qu'elle va faire des étincelles, cette relation, dit Liris à Valtteri.
- Eh, je t'ai entendu.
- Je ne cherchais pas à être discrète. Tu en veux, Eeva ? demande-t-elle en lui tendant une panière de fruits.
- Euh, non merci, je n'ai pas faim.

Je tourne le regard vers elle. Liris va sûrement la croire, mais pas moi. Étant donné tout ce qu'elle a vomi hier soir, je ne pense pas que son estomac contienne encore grand-chose.

- Mange.
- Non.
- Tu n'aimerais pas que je te force à avaler quelque chose.
- On parle toujours de nourriture là ? questionne Liris.
- Bon, juste une pomme alors, répond Eeva.

C'est déjà ça. Elle s'empare du fruit et commence à le manger sans grand appétit.

- Alors, tu es prêt à affronter tout ce que la mafia a à t'offrir de bon comme de mauvais ? me demande Valtteri.

Je hoche la tête en croquant dans un citron. C'est mon péché mignon, j'adore tout ce qui est acide. J'en mange tous les jours au petit-déjeuner depuis plusieurs années déjà.

- C'est pour ça que l'on m'entraîne depuis que je suis gosse alors ouais, je me sens prêt, j'ai même hâte de commencer.
- Je vous laisse, je vais aux toilettes, lance Eeva, qui vient de finir sa pomme.
- Ok. Et toi, tu voudrais devenir ma sous-cheffe quand tu en auras l'âge ? je demande à Liris. Ce rôle te revient, après tout.
- Avec plaisir.
- Mais ce n'est pas pour ça qu'il faudra tenter de m'assassiner.
- Merde, tu as deviné mon plan machiavélique. Et...

Elle continue de parler, mais je ne l'écoute plus et fronce les sourcils. Eeva part aux toilettes juste après avoir mangé ? Dès que je comprends ce qu'il se passe, je me lève précipitamment de ma chaise et quitte la pièce pour aller la retrouver.

# Chapitre 4

**Eeva**

Merde, j'aurais dû manger plus que ça, je n'arrive pas à me faire vomir. Même te faire du mal, tu n'y arrives pas Eeva, reprends-toi. Je décide d'enfoncer trois doigts au lieu de deux dans ma bouche, et lorsque je sens que ça commence à venir, la porte s'ouvre à la volée sur Elías, qui me tire brusquement en arrière et me bloque contre un mur.

- Non, dit-il.
- Je ne voulais pas manger, c'est toi qui m'y a forcé.
- Pas pour que t'ailles te faire vomir juste après. En plus d'être boulimique, tu vas devenir anorexique, si ce n'est pas déjà le cas.
- Tu trouves que je suis trop maigre ? Je ne suis pas à ton goût ?
- Non, tu n'es pas trop maigre et crois-moi, si tu n'étais pas à mon goût, je ne t'aurais pas baisé dans les bois alors qu'on s'était mariés deux heures avant.

Je soupire.

- Ouais, peut-être, mais ta cousine est tellement belle. Elle va me juger et dire que je suis grosse si jamais je mange.
- Ce n'est absolument pas son genre, tu peux me croire.
- Je n'arrive pas à m'en convaincre. Il y a déjà eu une période où j'étais enrobée, et toutes les filles parlaient et riaient dans mon dos.
- Ce n'est pas pour autant qu'il faut te foutre des doigts dans la bouche. Enfin, pas dans ces circonstances du moins. Et si ça peut te rassurer, je descendrai la moindre fille qui osera rire ou qui aura déjà ri de toi, il suffira de me dire leurs prénoms.
- Non, ça ne sera pas la peine, mais merci.

Il incline la tête sur le côté.

- Allez, relève-toi, dit-il en m'attrapant par le bras pour me remettre debout.

Nous sortons de la pièce et avant que nous ne rejoignons les autres, je l'arrête.

- Tu peux garder ça pour toi, s'il te plaît ?
- Je ne comptais pas en parler.

Je le remercie mentalement tandis que nous retournons voir Liris et Valtteri.

- Qu'est-ce qui ne va pas ? demande-t-elle.
- Rien, elle ne se sentait pas bien alors je suis allé lui chercher un médicament.
- Et moi quand j'ai mes règles et que je t'en demande un tu me réponds d'aller me faire voir ? Tocard.
- Un peu de respect pour ton chef, s'il te plaît. Il mérite de l'admiration.
- Admiration de mon cul oui. D'ailleurs, tu as reçu un colis pendant que tu jouais au médecin.
- Un colis ? Je n'attends rien.

Elle hausse les épaules et le lui montre, au bout de la table. Il prend une paire de ciseaux et l'ouvre. Dès qu'il semble voir ce qu'il contient, il fronce les sourcils. Il sort donc son contenu, et il n'y a rien d'autre qu'une balle de flingue, pas encore utilisée, et quatre lettres sont gravées dessus. Eeva. Il me le montre et directement, je fronce les sourcils.

- Tu n'aurais pas agacé un type par hasard ? demande-t-il.
- Bien sûr que non.
- Tu n'aurais pas refusé des avances ?
- Bien sûr que si, des centaines. Mais pourquoi est-ce qu'on menacerait de mort la femme du chef de la mafia en sachant pertinemment que l'on risque la torture puis la mort, juste pour un refus ?
- Ouais, c'est étrange.
- Après... je ne peux pas te garantir que je n'ai jamais agacé personne.

Il se tourne immédiatement vers moi.

- Comment ça ??
- Il y a certains souvenirs récents de ma vie que j'ai l'impression d'avoir oublié.

Il entrouvre la bouche.

- Ça arrive la plupart du temps suite à un événement traumatique. Ça pourrait expliquer la crise que tu as fait hier soir.
- Je ne sais pas, je ne suis pas du genre à faire des attaques de panique.
- Ah bon ? Il me semble que tu as la mémoire courte.
- À part hier soir, je veux dire.
- En tout cas, quelqu'un menace ma femme et je n'aime pas ça. Il va falloir te souvenir de qui tu as emmerdé, sinon ça risque de nous causer des problèmes.

Je soupire.

- Bon, je vais aller prendre une douche, dit Liris en prenant son bol pour débarrasser.
- Ouais, pareil. Je vais prendre une douche avec toi, dit Valtteri.
- Mouais, bien tenté, mais non.

Les deux se lèvent et partent dans des directions opposées, tandis que je reste seule avec Elías.

- Il va falloir que tu te souviennes, répète-t-il.
- Arrête, j'aimerais me souvenir.

Puis, il se lève et quitte la pièce. Je hausse un sourcil. Il faut croire qu'il n'est pas du matin. Malgré tout, je ne peux m'empêcher de faire une remarque.

- C'est très galant de laisser sa femme seule à table, vraiment.
- Va te faire foutre, tu m'agaces.
- Parce que je n'arrive pas à me souvenir ?? je fais en me levant à mon tour, les poings sur les hanches.
- Exactement.

Et il s'en va, avant de faire demi-tour.

- Ce soir ne mets pas une robe qui en dévoile de trop.

Et il quitte la pièce pour de bon. Un petit sourire se dessine sur mes lèvres. Il ne veut pas que je mette une robe qui en dévoile de trop ? Très bien, alors c'est exactement ce que je vais faire.

**

Nous partons dans approximativement une heure, et nous ne nous sommes pas reparlés avec Elías. Son comportement bipolaire m'a franchement agacé, et puis je n'ai pas aimé qu'il me dise quel type de robe je ne devais pas porter. Alors maintenant je fouille dans le dressing au -1 à la recherche d'une robe très... provocante. Je trouve une robe trop fluide, une trop jaune, une trop effet surligneur... puis je trouve finalement LA robe. Longue, à bretelles, en satin rouge grenat, et le décolleté est coqué et semble très peu couvrir la poitrine. De la dentelle blanche recouvre les coques, leur donnant un léger effet de transparence. En fait, ça ressemble presque à une nuisette, mais en plus moulant. Un sourire se dessine sur mes lèvres. Elías, mon cher Elías, tu vas adorer cette soirée, je le sens.

## Elías

- Eeva, on y va ! je m'exclame en sortant du manoir.

Ce soir a lieu la réception de présentation officielle, et nous ne pouvons nous permettre d'être en retard. Je m'installe dans la limousine qui va nous y conduire, et lorsque je vois Eeva passer le pas de la porte, j'en sors immédiatement pour m'approcher d'elle.

- Putain mais c'est quoi cette tenue ?
- Quoi, tu n'aimes pas ?

Si je n'aime pas ? Bien sûr que si, j'ai envie de la lui retirer pour pouvoir la baiser immédiatement. Le problème, c'est que je ne serai clairement pas le seul à penser cela ce soir !

- Il est hors de question que mes hommes te voient comme ça !
- De toute façon il est trop tard pour que je me change, on ne va pas arriver en retard tout de même.
- Je ne veux pas que tu portes ça.
- Tu ne vas quand même pas m'y faire aller en sous-vêtements, ironise-t-elle.
- Arrête, je n'ai pas envie de rire.
- Moi non plus. Alors, on y va ? fait-elle en passant devant moi et en allant s'installer dans la voiture.

Je serre la mâchoire et m'installe à mon tour. Lorsque j'ai refermé la portière, le chauffeur démarre.

- Liris et Valtteri ne viennent pas ? me demande-t-elle.

Ils prendront une autre voiture, mais je n'ai pas envie de lui répondre. Alors, je l'ignore.

- Oh, je t'ai parlé ?
- Ta gueule.
- Comment ça « ta gueule » ? On ne me dit pas de la fermer, connard.

Je me tourne vers elle et la fusille du regard. Je pose d'un coup ma main sur sa cuisse et commence à la serrer.

- Tu me soûles. Si je te dis de la fermer, tu la fermes.

Elle tente de frapper mon bras qui retient sa jambe, mais je l'intercepte à temps et lui enserre le poignet. Elle me fusille du regard mais lorsque je la vois froncer les sourcils comme si je lui faisais mal, je desserre légèrement ma prise.

- Lâche-moi.
- Ta gueule.
- Tu n'as qu'un mot à la bouche, bravo, belle maturité.

Je la lâche et me tourne vers la vitre sans lui répondre.

- Je vais t'arracher cette robe, je lance.
- Oui, je l'espère bien.

Je me tourne vers elle.

- Tu penses vraiment que j'ai mis cette robe pour que des vieux pingouins en costards me matent ?

Je plisse les paupières et elle lève les yeux au ciel.

- Non, idiot. Je l'ai mis parce que tu m'as dit de ne pas porter quelque chose comme ça. Il faut simplement que tu comprennes que ce n'est pas parce que je suis devenue ta femme que je suis devenue ta chose. J'ai le droit de porter ce que bon me semble.

Je pose alors deux doigts sur sa cuisse.

- D'un, si je ne voulais pas que tu mettes ce genre de robe, c'est parce que je ne pourrais pas rester concentré le long de la soirée.

Je remonte un petit peu mes doigts vers son entrejambe.

- De deux, je sais que tous les regards de ces vieux porcs seront braqués sur toi, et ça me fout en rogne.

Je remonte à nouveau mes doigts, qui frôlent désormais son entrejambe, et elle commence à respirer de manière désordonnée.

- Et de trois, je crois que lorsque je te prendrai sur cette banquette, ou contre un mur, ou même dans les chiottes, je serai tellement pressé de venir en toi que je risque de te faire mal.

Elle entrouvre la bouche lorsque je pose mes doigts sur son intimité, mais je les retire précipitamment.

- Mais pour le moment, tu vas mariner autant que moi.

Et je me retourne vers la fenêtre, me remettant à l'ignorer tandis qu'elle jure à côté de moi. Un air satisfait s'installe alors sur mon visage. On ne piège pas un piégeur.

Lorsque la limousine s'arrête, je sors. Puis, pris d'un élan de galanterie, je m'avance pour lui ouvrir la portière, mais remarque qu'elle est déjà sortie. Alors, je fronce les sourcils, la prends par le bras et la remets à l'intérieur. Puis, je lui rouvre la portière.

- Il va y avoir des points à revoir, dit-elle, mais j'apprécie le geste.

Je lui tends mon bras, qu'elle prend, et je nous dirige vers l'entrée. Devant, quelques fumeurs nous remarquent et me saluent. Et... ils matent Eeva. Je sens mon sang pulser contre ma tempe. Il faut à tout prix que j'évite de faire une crise psychotique ou une crise de démence ici, ça ne ferait absolument pas pro. En plus, c'est ce que tout le monde attend de moi, en quelques sortes. Ils cherchent un homme aussi barré que mon père, mais je ne suis pas lui. Par contre, comme lui, je pourrais tuer pour un regard de travers envers ma femme.

- Elías ! me salue un type dont je ne connais pas le prénom. Et... la ravissante Eeva, ajoute-t-il avec un regard insistant.

Puis, il s'approche de moi et murmure :

- C'est un canon, tu dois bien t'amuser avec cette pute.

Je serre la mâchoire et m'éloigne de lui.

- On s'incline devant la femme de son chef, minable.

Le mec fronce les sourcils et m'interroge du regard, alors je sors mon arme et la lui pointe sur la tête.

- Vite.

Sans perdre une seconde, le voilà qui se tourne vers Eeva et fait une révérence comme un bon petit chien.

- Bien.

Je range mon arme et entraîne Eeva à l'intérieur. Nous sommes rapidement accueillis par ma mère, qui nous salue. Et immédiatement, tous les regards sont braqués sur nous. Eeva passe une main confiante dans ses cheveux, et j'affiche un regard détaché. Honnêtement, tous ces regards braqués sur moi ne me font ni chaud, ni froid. Je sais que j'ai l'attention que je mérite, qu'ils me regardent ou non.

- Mesdames et messieurs, voici le roi de la soirée, Elías Mulligaaaan, lance ironiquement une voix que je reconnaîtrais d'entre mille.

C'est Ossian, le fils du cousin de mon père et de Carita, qui est persuadé que le titre de chef aurait dû lui revenir à lui, de trois ans mon aîné. Et c'est aussi mon ennemi juré...

# Chapitre 5

**Eeva**

Le type qui vient de parler s'avance et s'empare de ma main pour venir y déposer un baiser. Je la retire, dégoûtée, puisqu'il semble ne pas faire partie des amis d'Elías.

- Enchanté Eeva, je suis Ossian, un cousin éloigné d'Elías. J'ai entendu parler de toi en bien, uniquement. Et je peux dire que je ne suis pas déçu, tu es sublime.
- Merci, je réponds froidement.
- Qu'est-ce que tu fous là ? retentit la voix de mon homme juste à côté.
- À ton avis ?
- Tu veux me faire péter un plomb pour que tout le monde pense que je suis aussi instable que mon père. Ça ne marchera pas.
- Évidemment. Tu m'as pris le rôle et... la femme qui m'étaient dû. Alors je ne vais certainement pas te faciliter la tâche.

Je hausse les sourcils. Quel culot.

- Oh tiens, qu'est-ce qu'il fout là le misérable ? demande Liris, qui vient probablement d'arriver. Tu viens te faire une nouvelle coupe de cheveux ? Tu as raison, tu en as bien besoin.

Ossian la fusille du regard et s'approche d'elle.

- Toi, ne fais pas la maligne avec moi, je suis plus haut gradé que toi dans la mafia et...

Elías pose soudain une main sur son torse pour qu'il arrête d'avancer vers sa cousine.

- Ne la menace pas.

Son ton est tellement froid et autoritaire que si c'était à moi qu'il avait parlé, je serais allée m'enterrer dans la forêt la plus proche. Ossian échappe un rire.

- Ouais, on verra ça.

Et sur ces mots, il nous quitte pour aller parler à d'autres gens.

- Je vais le buter.
- Non, parce que dans ce cas tu lui donnerais complètement raison, à lui ainsi qu'à tous les autres, dit Liris en lui mettant une claque à l'arrière de la tête.

Je lui jette un coup d'œil. Elle est vraiment magnifique. Ses longs cheveux bruns sont tirés en queue-de-cheval basse et l'une de ses boucles d'oreilles est assez longue pour tomber dans son décolleté. Elle a mis une robe noire et fluide, mais avec un décolleté vraiment très, très ouvert. C'est magnifique. C'est à ce moment-là que Valtteri nous rejoint et passe un bras autour de ses épaules.

- T'es canon ce soir.
- Et je finirai la soirée toujours aussi pucelle que je l'ai commencé, dit-elle en enlevant son bras et en se dirigeant vers le buffet.
- J'aurais tenté, dit-il en la suivant, me laissant à nouveau seule avec Elías.

Un petit silence s'installe, que je viens rompre.

- Bon, et si on allait se prendre une coupe de champagne ?

Il hoche la tête.

- Mais nous ne devons pas en boire de trop, il ne faut pas que nous soyons saoules pendant cette soirée.
- J'ai compris mon général, pas de débordement ce soir.
- Tu m'appelleras comme ça après la soirée.

Il part nous chercher deux coupes et m'en tend une. Puis, lorsque je m'apprête à la prendre, il l'éloigne.

- Tu n'es pas du genre à être bourrée avec une seule coupe, rassure-moi ?
- Non, ça devrait le faire.

Deux hommes en costards à la chevelure grisonnante viennent se joindre à nous.

- Elías, Eeva, nous saluent-ils avec un hochement de tête.
- Bonsoir, c'est un plaisir de vous revoir, fait Elías.
- On aurait manqué le couronnement du prince pour rien au monde.

Un sourire fier se dessine sur le visage de mon mari et je ne suis pas sûre de comprendre.

- Le prince ? je demande en haussant les sourcils.

L'un des deux hommes se met à rire.

- Oui, votre mari a appris à devenir un homme de pouvoir avec nos fils, et lors des cessions d'entraînements, il se faisait toujours appeler le roi.

Je me tourne alors vers lui.

- Eh bah, tu avais la grosse tête dès la naissance à ce que je vois.
- Ouais, les gens me craignaient parce que j'étais le fils de mon père.
- Oui, c'est logique que s'il est ton père, tu es son fils.
- Ce n'est pas ce que je voulais dire. Les gens craignaient et craignent toujours Bhaltair Mulligan, même six pieds sous terre. On pensait que j'étais aussi infernal que lui, ce qui n'est pas le cas. Enfin, je suis assez spécial également, mais pas exactement de la même manière.

Un rire m'échappait.

- Oui, toi tu m'as l'air d'avoir un égo surdimensionné.
- Exact.

Les deux hommes rigolent avant de nous laisser.

- Bon, on va devoir parler avec tous ces gens qui sont de parfaits étrangers toute la soirée ? je me renseigne.

Il hoche la tête.

- Et...
- Elías, Eeva ! résonne une voix.

Mince, nous ne pouvons jamais être tranquilles ici. Je me tourne et aperçois Nina, la mère de Valtteri, tenant trois assiettes dans ses mains. Elle m'en tend une et tend l'autre à Elías. Dedans, il y a une sorte de gâteau étrange, de couleur jaune. Je vois Elías me détailler, et j'ai bien envie de jeter ce gâteau par terre pour lui montrer qu'il m'agace à me regarder comme si j'allais me mettre deux doigts dans la bouche là, devant tout le monde.

- Alors, vous avez pu voir un peu de monde ? demande Nina.
- Oui, malheureusement, je lance tout bas en tâtant du doigt le gâteau avec dégoût.
- Oui, et... tu pourrais arrêter de regarder ce gâteau comme s'il allait t'empoisonner tu penses ? lance Elías.
- Il est bizarre.

Malgré tout, j'apporte un morceau à mes lèvres.

- Il est au citron.

Un haut-le-cœur me prend et je le recrache immédiatement dans ma main, puis le remets dans mon assiette. Tandis que Nina rit de la situation, Elías me fusille du regard.

- Comment ça au citron ? T'es un grand malade !
- J'adore le citron. J'en mange tous les matins.

Je le dévisage de haut en bas.

- J'ai épousé un homme franchement étrange.

- Je vais vous laisser régler cette querelle entre vous, dit Nina en s'éloignant.
- Il n'y a pas de... je commence.

Mais la voilà déjà loin.

- Tu dois être distinguée, et recracher un morceau de gâteau dans ta main ne t'aide pas beaucoup.
- T'avais qu'à demander un gâteau au chocolat comme tout le monde.
- Elíaaaaas.

Je me tourne vers la provenance de cette voix, qui vient presque de roucouler le prénom de mon homme. Et là, j'aperçois une femme brune d'à peu près mon âge se diriger droit vers nous. Tiens tiens, je sens que je ne vais pas l'apprécier celle-là.

Tandis que la pimbêche dépose un baiser sur la joue d'Elías, je la fusille du regard.

- Je suis ravie ! dit-elle à son égard.

Puis, elle se tourne vers moi.

- Et tu es ?
- Eeva, celle qu'il baisera ce soir.

Un faux sourire se dessine sur les lèvres de la pimbêche.

- Mais ça tu le sais déjà, puisqu'aujourd'hui a lieu notre présentation officielle. Pourquoi serais-tu ici sinon ? À moins que les mafieux en manque ne t'aient réquisitionné pour l'after...

Elle pince ses lèvres et me regarde de haut en bas.

- Je suis Mattia, et ton mari m'a baisé bien avant de s'occuper de ton cul de pucelle. Le charme italien, que veux-tu.
- Pourquoi est-ce que tu parles de charme quand la seule chose qu'il te suffit de faire est d'écarter les cuisses ?
- Oula, doucement les filles, intervient finalement Elías. Je reconnais que je suis un sacré coup et un super bon parti, mais il n'y a pas de match là. Je suis marié maintenant.
- Et... je ne te manque pas ? demande Mattia en posant un doigt sur son torse.

Si elle ne l'enlève pas dans la seconde, je le lui coupe. Tellement obnubilée par la position de son doigt sur lui, je ne réalise pas tout de suite qu'il réfléchit à sa réponse. Je fronce immédiatement les sourcils. D'accord, notre mariage était peut-être arrangé, mais ça ne lui donne pas l'autorisation de m'humilier de la sorte ! Je croise mes bras sur ma poitrine.

- Ouais, ça m'manque, dit-il. T'es un bon coup.

Un sourire triomphant s'installe sur les lèvres de Mattia tandis qu'elle me dévisage avec un air supérieur.

34

- Et tu es fière que l'on t'apprécie seulement pour le bas de ton corps ? Bande d'enfoirés, je lance.

Et je les laisse en plan. Elías m'attrape soudain par le bras, et j'ai comme un flash qui me revient de mon père faisant la même chose avec une grande violence. Merde, je n'ai pourtant aucun souvenir d'avoir vécu ce moment. Je repousse Elías et m'éloigne, troublée.

Alors comme ça, il aime m'humilier ? Oh très bien, mais dans ce cas-là je vais lui renvoyer la pareille. Qu'est-ce qui pourrait l'énerver plus que tout ce soir ? Que je fasse n'importe quoi. Alors, je VAIS faire n'importe quoi. Et on va commencer par le titiller un peu, en allant draguer un autre homme. Je m'approche du premier venu, un homme d'environ une trentaine d'années, et le salue.

- Oh, Eeva, la mariée, c'est ça ?
- Exactement.
- Eh bien vous êtes ravissante, ma chère Eeva.
- Merci, il faut dire que vous n'êtes pas mal non plus...

Je me tourne légèrement de manière à avoir une petite vue sur mon très cher époux. Et comme je le souhaitais, il nous fusille du regard. Je lance un regard au type, qui lui me lorgne comme si j'étais sa proie.

- Arrêtez, je roucoule tout en lui mettant une tape sur le torse, histoire qu'il y ait un contact physique qu'Elías puisse voir.

Le type rigole.

- Vous ne m'avez pas l'air très fidèle à votre époux, ma chère...
- Disons que j'aime profiter de la vie...
- Ça tombe bien, moi aussi.
- Bonsoir, fait une voix froide en arrivant à notre niveau.
- Oh tiens, salut Elías, je réponds.

Le trentenaire le salue d'un signe de tête.

- Alors, vous avez rencontré ma femme ?
- Exact. Elle est exquise.

Je vois Elías serrer la mâchoire, alors je décide d'en rajouter.

- Ce mec est super marrant, il a le chic pour parler aux femmes, tu verrais !
- Ah ouais ? Et moi, j'ai le chic pour manier mon arme.

Et avant que je ne puisse comprendre, le voilà qui sort son flingue, le pointe sur la tête du trentenaire, et lui tire une balle en plein milieu du front. Je dévisage le cadavre tout frais, puis mon époux.

- Bravo, tu te sens puissant maintenant ?
- Viens là, dit-il en m'attrapant fermement par le bras.

Il me traîne jusqu'à l'extérieur de la pièce, dans un couloir sombre et sans passage.

- Tu joues à quoi là, hein ?? demande-t-il en me secouant par ce même bras.

Je tente de me dégager de sa prise.

- Et toi alors, c'est quoi ce cirque que tu me fais avec ta poufiasse !?

Il expire bruyamment et me colle contre le mur.

- Fais gaffe Eeva, je suis gentil, mais je ne suis pas un saint non plus. Si tu m'emmerdes, je te le ferais payer.
- Ah oui ? Je serais amusée de savoir comment.
- Ah ouais ? Ne me provoque pas.
- Non, ça ce n'est pas de la provocation. En revanche ça...

Et en même temps que je parle, je baisse le décolleté de ma robe pour laisser dévoiler quasiment la moitié de ma poitrine. Puis, je tire sur mon bras pour qu'il me lâche et me redirige vers la pièce principale.

- Ça, c'est de la provocation.

Et je retourne dans la salle. Immédiatement, pleins de regards se tournent vers moi, et inutile de signaler qu'ils ne me regardent absolument pas dans les yeux. Je lance alors des grands sourires et même des clins d'œil. Bien évidemment, Elías me rejoint bien vite, et me passe sa veste de costard autour du corps. Je lève les yeux au ciel.

- Arrête ça immédiatement, me chuchote-t-il à l'oreille tandis que certains regards se tournent dans notre direction.

Je ne retire pas sa veste mais me dirige vers l'extérieur.

- Où est-ce que tu vas ?? me demande-t-il.
- Fumer une clope, et tu n'es pas le bienvenu.

Je sors donc et allume ma cigarette, que je porte à ma bouche. Evidemment, je retire sa veste et la laisse traîner au sol. Les portes s'ouvrent ensuite sur mon très cher époux. Nous ne sommes que tous les deux.

- Je vais rentrer, j'annonce simplement.
- Non.
- Ça y ressemblait peut-être, mais ce n'était pas une question.
- Tu ne bouges pas d'ici.

Je me tourne vers lui.

- Ah oui, et qui va m'en empêcher ?
- Oh, n'essaye pas de jouer à la plus forte avec Elías Mulligan, commence-t-il en s'approchant vers moi de quelques pas. Tu perdrais.

Il avance encore plus et désormais, seulement quelques centimètres nous séparent.

Alors, il s'empare de ma cigarette et la balance au loin. On dirait qu'il est excité ce soir, mais ce n'est pas mon cas. Je ne me remets toujours pas de l'humiliation qu'il m'a fait subir avec Mattia. Je me contente donc de le contourner et de retourner dans la voiture. Direction le manoir.

# Chapitre 6

**Elías**

Cette femme va me rendre fou. J'ai songé à lui brûler la peau avec la cigarette qu'elle fumait, mais je me suis retenu. En revanche, si un jour je pique une crise psychotique à côté d'elle, je risque de ne plus rien maîtriser du tout. Je me dépêche donc de la suivre dans la voiture, et tant pis pour la soirée. Tout le monde nous a vu, c'est l'essentiel.

Une fois que nous rentrons au manoir, je la fais asseoir sur le canapé du salon et je reste debout.

- Je t'avais dit de ne pas m'emmerder ce soir Eeva, et tu m'as désobéi.

Elle croise les bras sur sa poitrine, et je ne peux m'empêcher de mater ses seins comprimés par ses bras.

- Et alors ? Tu m'as manqué de respect. Tu voulais que je respecte tes ordres, il fallait respecter ma personne.
- Je m'en fous, tu vas devoir payer pour ça.

Un faux rire lui échappe.

- Payer ? Tu me prends pour une gamine de trois ans qu'on a attrapé en train de voler des bonbons ?

Son comportement commence à me foutre particulièrement en rogne. Et soudain, j'ai l'impression qu'un voile passe devant mes yeux. Ma respiration commence à s'accélérer et je ne la vois même plus. Je ne vois pas non plus la pièce qui m'entoure. Je vois juste son corps, là, qui tente de me désobéir et de me manipuler pour me faire croire qu'elle a eu raison de faire ce qu'elle a fait. Je suis en début de crise, je le sens.

- Qu'est-ce qu'il se passe ? résonne une voix lointaine autour de moi.

Mécaniquement, je l'attrape par le bras. Je l'entends crier et se débattre, mais ça ne me fait rien. Mes sentiments sont comme paralysés. Je suis là sans être là, je vis sans vivre, je ressens sans ressentir.

Sans lui laisser le temps de réfléchir, je l'emmène de force jusqu'au -1. Elle a voulu jouer, je vais lui montrer comment je joue.

-   Lâche-moi ! crie-t-elle en tentant de me donner des coups de pieds que je ne sens même pas, en transe.

Je descends les marches, comme guidé par une force en moi que je ne connais pas moi-même. Lorsque j'atteins une certaine porte, je l'ouvre et la pousse à l'intérieur. Son corps tombe et ses mains ont l'air éraflé, mais je ne ressens toujours rien. Ensuite, je referme la porte à clé grâce à un code situé à l'extérieur de la pièce. C'est une cave à vin. Froide, en béton et humide. Je ne sais pas encore combien de temps je vais la laisser là, mais en tout cas c'est tout ce qu'elle mérite pour le moment. Elle commence évidemment à tambouriner à la porte. Je ne l'entends pas, ou mon cerveau refuse de le faire. Lorsque je suis en crise, je ne contrôle plus rien.

Mécaniquement, mes pieds me ramènent à l'étage du dessus, et je monte les escaliers pour me rendre jusqu'à ma chambre. Je déteste ces foutus troubles psychotiques. Je ne suis pas barge, et c'est pourtant ce qu'elles me font croire et ce pour quoi elles me font paraître.

Alors, une fois que je suis dans notre chambre, j'entre dans la salle de bain mitoyenne et m'approche du miroir. Là, je m'observe. Je ne sais pas si je suis toujours en pique ou en redescente de crise, mais je commence à me sentir mieux. Malgré tout, j'approche ma tête du miroir et me l'explose dans ce dernier. Des débris de verre tombent immédiatement à mes pieds tandis que je sens un liquide chaud commencer à couler le long de mon visage. Je recommence le mouvement une deuxième fois. Désormais, je vois flou. Je porte une main à mon front et trouve du sang sur celle-ci. Très bien, c'est ce que je souhaitais. Ça m'aide à redescendre. Sauf que je dois sûrement perdre trop de sang, puisque je commence à tanguer. J'observe mes mains et c'est à peine si j'arrive à les distinguer. Je recule de quelques pas, glisse sur un débris de verre et me cogne la tête au sol. Et là, plus rien.

**

-   Allez Elías, réveille-toi merde !

On me balance un sceau d'eau à la figure et j'ouvre brusquement les yeux. Rapidement, une vive douleur me prend à la tête.

-   Mais enfin t'es complètement fou ou quoi !? résonne la voix de ma mère. Pourquoi est-ce que tu t'es explosé la tête dans un miroir ??

Je grimace et referme les yeux.

-   Tu peux parler moins fort ? J'ai un sacré mal de crâne.

- Oh bah oui, j'espère bien que t'as mal, ça t'apprendra tiens ! Je t'ai déjà répété cinquante fois de ne pas te faire du mal lorsque tu es en crise même si après tu te sens mieux ! Et toi, qu'est-ce que tu fais ? Tu exploses ta putain de gueule dans un putain de miroir !

Je me redresse dans le lit et la regarde se prendre la tête toute seule. La lumière du jour filtre à travers la fenêtre, alors je suppose que je suis resté inconscient toute la nuit. Je sens un bandage recouvrir ma tête, ce qui me fait à nouveau grimacer.

- Ton père a fait la même chose lorsqu'il était encore parmi nous, dit-elle soudain.

Je me tourne alors dans sa direction.

- J'ai des points communs avec papa sans jamais l'avoir rencontré, on est trop forts.

Elle fronce les sourcils, s'approche de moi et appuie sur mon crâne.

- Aïe ! je m'exclame.

Elle recule et croise les bras sur sa poitrine.

- Tu as de la chance que je sois passée en coup de vent récupérer mon sac à main. Et où est-ce qu'elle est Eeva, elle n'aurait pas pu appeler un médecin ou quelque chose dans le genre !?

Eeva Eeva... c'est une bonne question ça, où est-ce qu'elle est ?

Et c'est là que des bribes de la soirée d'hier me reviennent. Je sors d'un coup du lit avec un seul mot à la bouche :

- Merde.


**Eeva**

Assise au fond de la cave, je prépare ma vengeance. Elías m'a laissé enfermée ici toute la nuit, et je ne sais même pas s'il a prévu de me laisser sortir aujourd'hui. Ce qui est certain, c'est qu'il va me le payer très cher. Mais d'abord, lorsque je sortirai de cette prison, je partirai en ville pour m'aérer l'esprit et acheter ce qu'il faut pour ma vengeance.

Lorsque j'entends la porte se déverrouiller, je me lève précipitamment et me dirige vers l'entrée. Au lieu de voir la tête de mon imbécile de mari, c'est celle de sa mère que j'aperçois. Je me dépêche de sortir et elle referme la porte derrière moi. Je ne la remercie même pas, je pars à la recherche d'Elías. Mais malheureusement, sa mère a la mauvaise idée de me retenir par le bras.

- Attends, avant que tu ne colles une raclée à mon fils qu'il mérite bien pour la manière dont il t'a traité, j'aimerais que tu t'asseyes deux secondes avec moi.

J'hésite à l'envoyer se faire voir, mais j'apprécie et respecte trop cette femme pour ça.

Nous nous asseyons donc toutes les deux sur des chaises autour de l'îlot central de la cuisine.

- Il était en pleine crise psychotique hier soir, lorsqu'il t'a enfermé là-dedans.
- Ça n'excuse rien.
- Bien sûr que ça n'excuse rien, mais ce que je veux dire c'est qu'ensuite, il est monté dans votre chambre et il s'est tapé le front à deux reprises dans le miroir pour apaiser sa crise.

J'écarquille les yeux.

- Mais... il est blessé ?

Même si je le hais plus que tout à l'heure actuelle, je ne peux m'empêcher de m'inquiéter.

- Oui, et ce sont des blessures assez importantes, mais qui ne mettent heureusement pas sa vie en danger. Est-ce que tu pourrais attendre de t'être un petit peu calmée avant d'aller le voir, s'il te plaît ?

Je pousse un soupire.

- De toute manière j'avais prévu de sortir, je lance.

Elle hoche la tête.

- Très bien, je te dépose quelque part ?
- Non ça ira, ne vous en faites pas.

Elle hoche à nouveau la tête. Alors, je la salue et pars dans le dressing du -1 pour trouver une tenue plus adaptée que celle que j'avais hier soir et avec laquelle il m'a enfermé avant de sortir. Puis, je me dirige jusqu'au garage et m'empare des clés d'une Ferrari bleu nuit. Je m'installe derrière le volant et démarre. Le super bruit du moteur vient ronronner à mes oreilles et je ne peux m'empêcher de sourire. Cette caisse est démente.

Je sors du garage et me dirige vers la ville d'Espoo. Il y a pleins de magasins là-bas, je vais pouvoir trouver ce qu'il faut pour ma vengeance.

Je roule une bonne vingtaine de minutes avant de finalement me garer dans un parking souterrain. Puis, je sors de la voiture et me dirige dans les rues. Immédiatement, je repère un Starbucks et me prends un café bien noir. Cette marque-là a toujours été mon péché mignon, et en plus aujourd'hui j'en ai franchement besoin. Le temps qu'on me le prépare, je me rends aux toilettes pour arranger mes cheveux. Lorsque j'en ressors, la caissière à qui j'ai donné mon prénom pour qu'elle le note sur le gobelet me regarde avec insistance.

- Excusez-moi, il y a un souci ? je finis par demander.
- Je ne veux pas être mêlée à des histoires louches, d'accord ?

Je fronce les sourcils.

- Comment ça ?

À part les membres et alliés de la mafia, personne ne sait qui je suis normalement.

- Vous êtes bien Eeva Mulligan, tout d'abord ?
- Euh... si on veut. Comment le savez-vous ?

Elle fait une pause et semble hésiter. Puis finalement, elle prend la parole.

- Bon, ce que je vais vous dire risque peut-être de vous faire un choc, mais il y a quelques jours un homme est passé ici. Il avait la certitude que vous finiriez par venir dans ce café, mais il n'a pas voulu me dire comment il pouvait en être si sûr. Et en fin de compte, il avait donc raison puisque vous voilà. Il a voulu nous payer très cher pour que nous glissions... du poison dans votre boisson.

Mes yeux s'écarquillent et un frisson s'empare de tout mon corps. Merde, mais qui est cet homme ?

Je regarde ma boisson avec hésitation, et la dame s'empresse de rassurer ma crainte.

- Je ne l'ai pas fait ! Sinon je ne vous l'aurais évidemment pas dit ! s'exclame-t-elle précipitamment.
- Bon euh... d'accord, merci.

Je la paye et m'empare du café, puis sors. Juste à côté de la sortie, il y a une poubelle, dans lequel je m'empresse de le jeter. On n'est jamais trop prudent. Le frisson qui s'est installé sur mon corps n'est toujours pas parti et j'ai ce mauvais pressentiment qu'il va se passer des choses atroces dans les semaines, voir dans les mois à venir.

Je sursaute et reviens à la réalité lorsqu'une petite fille manque de me rentrer dedans. Elle s'excuse en riant et repart en courant. Je passe une main sur mon front et tente de me ressaisir. Si je suis venue ici en ville, c'est pour une raison bien précise : me venger de cet enfoiré d'Elías.

Alors, je cherche sur mon téléphone l'itinéraire du type de boutiques qui m'intéresse, et lorsque j'en trouve une bonne, je m'y rends.

Je l'atteins à peine quelques minutes plus tard, et elle porte littéralement le nom « tout pour plaire ». C'est une boutique de lingerie. Ma vengeance va être une des choses qui fait le plus enrager un homme lorsqu'on le lui refuse : le sexe de la part d'une femme vêtue d'une tenue très sexy et très révélatrice...

# Chapitre 7

Une fois dans la boutique, je tente de ne pas être parano à me dire que si telle ou telle personne me regarde, c'est parce qu'elle veut ma peau. Je prends plusieurs modèles et pars vite les essayer.

Le premier est un ensemble en dentelle noire, très beau et plutôt sexy, mais pas assez à mon goût. Le deuxième est un body une pièce rouge, mais qui me semble un peu trop commun. C'est quelque chose que l'on voit bien trop souvent dans les pornos. Le troisième modèle est un ensemble deux pièces bleu ciel en satin et bien que j'apprécie beaucoup la matière, la couleur me paraît trop enfantine. Alors, j'essaye le quatrième et dernier modèle que j'ai pris, et c'est à ce moment-là que je sais que c'est avec celui-ci que je vais repartir. Le haut est rose pâle et souligné de dentelle noire, et le bas est rose pâle également, en dentelle, et comporte un porte-jarretelle noir. Si ça, ça ne le fait pas succomber, je commencerais à me poser des questions sur son orientation sexuelle. Je passe une main dans mes cheveux et fais quelques photos dans la cabine d'essayage à l'aide de mon téléphone. Le résultat me plaît bien. Je me change donc, me rhabille, et pars payer mon ensemble.

Lorsque c'est fait, je retourne à la voiture et reprends la direction du manoir. Lorsque j'arrive au garage, je range la voiture mais n'en sors pas immédiatement. Je vérifie d'abord sur les caméras de vidéosurveillance qu'il n'y a plus que lui au manoir, ce qui est bien le cas. Alors, je sors et me change là. Je ne suis désormais plus que vêtue des nouveaux sous-vêtements que je me suis achetée, et je compte bien rester dans cet accoutrement toute la journée. Il pourra regarder, mais il n'aura aucun droit de me toucher, je le lui interdirai à chaque fois. Ma vengeance n'est psychologiquement pas aussi forte que ce qu'il m'a fait subir, mais ça le troublera et le perturbera assez pour me satisfaire, j'en suis sûre.

Je remonte dans le manoir et une fois à l'intérieur de ce dernier, je pars me chercher un verre d'eau.

- Elías ? je l'appelle.
- Ouais ?
- T'es où ?
- Ça dépend, t'as un couteau en main ou pas ?

Je lève les yeux au ciel.

- Non.
- Je suis dans mon bureau.

Mais où est-ce qu'il est son bureau ? Ça ne fait que trois jours que je vis ici. Il semble prévoir ma question, et ajoute :

- Première porte sur la gauche, au deuxième étage.

Alors, je m'y rends. Une fois devant la pièce, je pousse la porte. Il est en train d'écrire et ne fais pas tout de suite attention à moi. Ce que je remarque en premier, c'est le gros bandage qu'il y a autour de sa tête. Je me retiens de l'approcher pour voir s'il va bien, et pars m'assoir dans le fauteuil juste en face de son bureau. Comme il ne relève toujours pas la tête, je fais un petit raclement de gorge pour qu'il lève les yeux, ce qu'il fait. Dès qu'il me voit, il pose son stylo et me dévisage de haut en bas.

- C'est en quelle honneur ?
- C'est en l'honneur de ma vengeance, mon cher mari. Tu m'as enfermé dans une cave toute une nuit. Si ta mère ne m'en avait pas sorti, j'y serais peut-être encore.

En même temps que je parle, j'écarte légèrement les jambes, pour lui laisser une meilleure vue entre mes cuisses. Pourtant, il ne me quitte pas du regard. Doucement, il se lève et contourne son bureau. Je me lève à mon tour. Lorsqu'il arrive à ma hauteur, il s'approche de moi, mais je m'éloigne en secouant la tête.

- C'est comme au musée, mon cher Elías. Tu peux regarder autant que tu veux, mais tu as interdiction de toucher.

Il serre la mâchoire, geste que, je l'ai remarqué, il fait souvent lorsqu'il est contrarié ou énervé.

- Je ne suis qu'un homme, Eeva, un homme qui...
- M'a enfermé dans une cave, je le coupe en croisant les bras sur ma poitrine.

Je m'empare de mon verre d'eau et commence à le boire, en renversant volontairement sur ma poitrine.

- Oups, je fais en m'essuyant la bouche, j'en mets partout.

Je passe une main dans mes cheveux et me tourne pour récupérer un mouchoir sur son bureau, histoire de lui laisser une jolie vue sur mon cul. Lorsque je sens ses deux mains agripper mes hanches par derrière, je m'empare du coupe papier posé sur son bureau et me tourne précipitamment vers lui, le menaçant.

- Je t'ai dit de ne pas me toucher.

Il pousse une espèce de grognement frustré.

- Ne joue pas à ça, Eeva, tu vas perdre.
- C'est-à-dire ? Vas-y, développe. Tu vas encore m'enfermer dans la cave ? Je te pensais plus malin, innove.

Tout en disant ça, je m'assoie sur son bureau et écarte les jambes. Evidemment, il vient se placer entre elles. Au moins, il ne me touche pas. Malgré moi, je commence tout de même à avoir chaud. Il respire bruyamment, et son visage énervé m'excite grave. Il vient poser une main sur mon visage tout en me regardant droit dans les yeux, et je ne bouge plus. Puis, son autre main vient se poser sur ma cuisse, qu'il commence à caresser de haut en bas. Son regard quitte le mien pour se rapprocher de mon oreille.

- On ne joue pas à ce genre de choses avec moi, Eeva, vient-il me chuchoter à l'oreille.

Puis, il s'éloigne et repose son regard dans le mien. Un sourire naît sur mes lèvres tandis qu'à mon tour, je brise le contact visuel pour me rapprocher de son oreille et lui murmurer :

- Oui, mais là il s'agit de mon jeu, et c'est moi qui fixe les règles.

Et au même moment, je vire sa main de ma cuisse et saute du bureau. Puis, je me dirige vers la sortie et juste avant de sortir de la pièce, je me retourne et répète :

- Mon jeu, mes règles.


**Elías**

La bosse qui s'est dressée sous mon pantalon lorsque Eeva m'a fait son petit numéro d'ange vengeresse a du mal à redescendre, et ça fait déjà plusieurs minutes qu'elle est partie. Me demandant ce qu'elle est en train de faire, je m'empare de mon téléphone et jette un coup d'œil aux caméras de vidéosurveillance. Et c'est là que je la vois allongée dans le lit, en train de regarder droit dans la direction de la caméra. Elle a compris que j'étais en train de l'observer. Alors que je distingue un sourire naître sur son visage, je la vois glisser lentement sa main entre ses cuisses, et commencer à se caresser par-dessus le tissu de ce sous-vêtement que je rêve de lui arracher.

- Putain... je murmure.

Elle passe un doigt sous le tissu et écarte un peu plus les jambes, histoire de me laisser une bonne vue sur son entrejambe. Et là, elle recommence à se caresser avec deux de ses doigts. L'image d'elle en train de se donner du plaisir est une image que j'ai envie d'immortaliser dans un coin de ma tête. Elle est bonne et elle est belle, putain.

Mais soudain, elle retire ses doigts de son sous-vêtement et s'empare de son téléphone. Je fronce les sourcils, ne comprenant pas ce changement soudain qui ne me plaît pas beaucoup, puis mon téléphone vibre. Je m'en empare et lis son message. « J'ai lu dans ton agenda que tu avais un rendez-vous important qui allait arriver dans moins de deux minutes, bonne chance pour cacher le matos, connard ». Je jette un coup d'œil à la bosse qui se dessine sous mon pantalon et pousse un grognement frustré. Elle maîtrise bien son jeu, mais c'est impossible que je la laisse gagner. Je ne perds jamais, et peu importe que ça soit son jeu ou non. Alors, dans ma tête, je construis un plan pour la faire perdre. Un sourire sadique prend place sur mon visage lorsque je comprends exactement comment je vais m'y prendre. Mais ça sera pour plus tard, car comme l'a si bien dit ma tendre épouse, j'ai un rendez-vous qui devrait arriver d'une minute à l'autre.

**

Deux longues heures plus tard, je m'installe à table en face d'Eeva après avoir salué le type avec qui j'étais en rendez-vous. Liris et Valtteri se sont joints à nous et heureusement, car ni moi ni Eeva ne parlons. Liris est en train de nous raconter des anecdotes de la soirée après que nous soyons partis précipitamment hier soir.

- Et ce mec je vous jure, c'était un ange incarné ! Bon, léger détail, il avait quarante ans. Mais qui est-ce que ça va choquer dans la mafia ? Il y a des mariages arrangés sans arrêt entre des jeunes et des vieux.
- On s'en fout de ton mec de quarante ans, fait Valtteri.

Je me demande si un jour il lâchera l'affaire avec elle. Ça me semble peine perdue dans les deux cas.

- Tu sais ce que c'est la différence entre toi et un pot de glue, Valtteri ? fait-elle en se tournant vers lui.

Il secoue la tête de gauche à droite.

- Eh bah moi non plus.

Eeva échappe un petit rire en me lançant un regard en coin. Je lui renvoie un haussement de sourcil. Elle pense peut-être être maîtresse de la situation dans sa petite robe noire en satin que je meurs d'envie de lui arracher, mais elle va vite déchanter. J'ai compris qu'elle était joueuse, alors si elle n'accepte pas ce que je vais lui proposer ce soir, je serais franchement déçu.

- Bon, on va peut-être vous laisser puisqu'il semblerait à votre échange de regards tumultueux que vous voulez mutuellement vous sauter dessus, et ça me met terriblement mal à l'aise, fait Liris en se levant.

Je ne lui réponds pas et continue de fixer mon épouse. Ma cousine lève les yeux au ciel et fait semblant de vomir devant Valtteri.

- Tu m'accompagnes faire du shopping ? lui demande cette dernière.

J'imagine qu'il acquiesce, puisque les voilà désormais tous les deux en train d'enfiler leurs vestes et de quitter le manoir. Désormais, il n'y a plus qu'elle et moi.

- Ça t'a bien fait rire le petit numéro que tu m'as fait ce matin ? je lui demande alors.

Elle hoche rapidement la tête.

- Bien sûr, quoi de mieux que de se servir de ses atouts pour foutre un homme en rogne ? Ou... en gaule.

Je plisse les paupières.

- Tu ne gagneras pas, Eeva.
- Oh si, j'ai beaucoup plus de résistance que toi.
- Ça, c'est ce que tu crois.
- Et c'est vrai.

Un petit sourire s'installe sur mes lèvres.

- Nous verrons ça.

Durant l'après-midi, je passe mon temps à classer des dossiers, et en en rangeant un sur une étagère, une photo tombe. Je m'en empare et découvre une photo de mon père et de ma mère le jour de leur mariage. Ma mère était resplendissante, mais semblait perdue et paniquée. Si j'avais épousé une femme peu confiante et effrayée par moi, je pense que j'aurais eu beaucoup de mal à m'y faire. J'aime la fougue et la force d'esprit d'Eeva, et ce petit côté revanchard que je lui découvre depuis ce matin m'excite pas mal.

Le soir, lorsque j'ai fini de trier mes dossiers, il fait déjà nuit. Lorsque je descends jusqu'au salon, je remarque qu'un feu a été allumé dans la cheminé et que mon épouse se tient devant, un verre de vin à la main.

- Je t'en aurais bien servi un, mais je n'en avais pas envie, m'informe-t-elle.

Je pince les lèvres en hochant la tête. De toute façon je préfère les alcools plus forts. Alors, je pars me chercher une bouteille de rhum et m'en verse une bonne dose dans un verre fait pour. Ensuite, je m'approche d'elle, et m'assois à ses côtés avant de prendre la parole.

- La journée n'est pas terminée, et le jeu l'est encore moins. J'ai une proposition à te faire, et si tu es joueuse, ce que je sais que tu es, tu vas l'accepter.

# Chapitre 8

**Eeva**

Je resserre mes jambes et l'encourage à poursuivre du regard.

- Nous allons faire un vrai ou faux, commence-t-il. Je vais poser des questions, et si tu sais me dire si ma question est vraie ou fausse, alors tout se passe bien. En revanche, si tu te trompes, tu enlèves un vêtement.

Je prends deux secondes le temps d'y réfléchir.

- Et qu'est-ce que j'y gagne moi ?
- Tu poseras toi aussi des questions.

J'avoue que l'idée de le voir à poil ne sonne pas déplaisante dans ma tête...

- Mmh, d'accord. Mais dans ce cas tu ne me poses pas de questions trop compliquées, je ne te connais que depuis trois jours après tout.

Il hoche la tête et un sourire satisfait s'installe alors sur ses lèvres. Il est persuadé que je vais flancher et que je vais luis sauter dessus, mais je vais lui prouver qu'il est celui qui ne parviendra pas à me résister.

- Alors, première question, dit-il. Quel est mon jour et mon mois de naissance ?
- Le 26 juin. A moi, quel est mon jour et mon mois de naissance ?
- Le 30 avril.

Je hoche la tête.

- Comment est-ce que je me faisais surnommer quand j'étais plus jeune ?

Un rire m'échappe.

- Le roi. Quelle coupe de cheveux est-ce que je portais le jour de notre mariage ?

- Tu avais les cheveux détachés. Quel était le nom de jeune fille de ma mère ?
- Neala Toivonen.

Un sourire se dessine lentement sur mes lèvres en pensant à la prochaine question que je m'apprête à lui poser.

- Quelles sont les mensurations de ma poitrine ?

Un sourire joueur s'installe sur son visage tandis qu'il descend le regard vers ma poitrine.

- Du 85D.

J'entrouvre la bouche, mais ne dis rien. C'est effectivement ma taille. Je pensais réellement qu'il allait se tromper.

- A moi, dit-il d'une voix triomphante. Combien de femmes ai-je baisé deux fois ou plus ?

Je fronce les sourcils.

- Il a dû y en avoir tellement, c'est impossible de répondre !

Il secoue la tête de gauche à droite.

- Et non Eeva, c'est une mauvaise réponse, puisqu'elle était : aucune.
- Comment ça aucune ? je fais en croisant mes bras sur ma poitrine. Étant donné le nombre très important de filles que tu as dû te taper depuis que tu sais manier ton engin, il y a dû en avoir plus d'une que tu as baisé à plusieurs reprises.

Il secoue à nouveau la tête.

- Allez, fais sauter la robe.

Je le fusille du regard mais me contente donc de la retirer, même si j'ai du mal à le croire. Ça me parait impossible qu'il se souvienne de tous les visages des filles avec qui il a couché. Je passe la robe par-dessus ma tête et me retrouve donc dans la même tenue que ce matin, avec les sous-vêtements roses à dentelle noire. Il détaille tout mon corps allongé sur le canapé, si bien que ça m'en donne des frissons entre les jambes.

- A moi, je fais. A combien de reprises est-ce que j'ai failli craquer et faire voler ma virginité en éclats avant le mariage ?

Je vois instantanément sa mâchoire se contracter, produisant l'effet escompté : ce sujet l'énerve.

- Aucune fois, répond-il, catégorique.

Un petit sourire naît à la commissure de mes lèvres.

- C'est une mauvaise réponse... et la bonne était : trois.
- Dis-moi immédiatement le nom et le prénom de ces fils de pute.
- Non non non, tu retires ta chemise.

Il souffle un grand coup mais l'enlève tout de même. Ses muscles saillants se révèlent à moi et je me fais un rappel mental de ne pas craquer.

- Maintenant je veux leurs noms, Eeva. Je ne joue plus.
- Oh, pourtant c'était si marrant.
- Dis-moi leurs putains de noms tout de suite.
- Non.

Et en moins de temps qu'il n'en faut pour le dire, je me retrouve allongée le dos contre le canapé, lui au-dessus de moi, m'empêchant de bouger. Ce qu'il est sexy...

- Si tu passais ta main entre mes jambes, tu me prendrais pour une tordue, je lui murmure, alors qu'il n'est plus qu'à deux centimètres de mon visage.
- Tu vas perdre.

Je secoue la tête. Sa main se pose sur le bas de ma cuisse et toujours sans me lâcher du regard, il commence lentement à la remonter. Le premier qui craque et embrasse où touche l'autre a perdu, et je ne veux pas perdre. Pourtant, ça commence à devenir compliqué. Son corps conte le mien me réchauffe énormément, et je n'ai qu'une envie, qu'il craque et qu'il me baise sur ce canapé.

Sa main s'arrête juste avant mon entrejambe, et je ne peux m'empêcher de froncer les sourcils. Je pensais qu'il aurait plus de mal à se maintenir. Je me suis trompée. J'ai l'impression d'être celle qui est sur le point de craquer. Alors, je passe les mains dans mon dos et détache le soutien-gorge, puis le laisse glisser au sol. Depuis tout à l'heure, nos regards ne s'étaient pas quittés, mais là c'est différent, il descend le sien sur ma poitrine. Alors, je commence à l'observer et admirer ses muscles bandés qui le maintiennent au-dessus de moi. Il descend un peu plus contre moi, et nos visages ne sont plus qu'à très peu de millimètres d'écart. Je sens son souffle s'écraser sur ma figure, et le mien doit probablement s'écraser sur la sienne. Merde, je sens que je vais craquer. Si ce n'est pas lui qui se laisse aller dans les secondes à venir, je vais être la perdante, celle qui aura succombé en premier en embrassant l'autre avec toute la haine que j'éprouve envers lui à cause de l'endroit où il m'a laissé dormir cette nuit.

Comme il ne bouge pas, je craque. Je rapproche alors mon visage du sien pour sceller nos bouches, mais au même moment, il fait exactement la même chose et nos lèvres entrent violemment en contact.

Elías m'allonge sur le canapé et commence à caresser l'un de mes seins avec l'une de ses mains. Je passe les miennes derrière sa nuque pour l'attirer à moi et intensifier notre baiser. Puis, il descend l'une de ses mains entre mes cuisses mais s'arrête brusquement et se redresse. Je fronce alors les sourcils et l'interroge du regard.

- C'est quoi ces marques entre tes cuisses ? demande-t-il soudain.

Je détourne la tête.

- Je n'en sais rien.

- Comment ça tu n'en sais rien ??
- Ça fait partie des choses que j'ai oublié sans explications. Et d'ailleurs...

Il faut que je lui raconte ce qu'il s'est passé ce matin.

- Quoi ? Accouche.
- Lorsque je suis allée en ville ce matin, je me suis rendue dans un de mes cafés préférés, et la dame qui m'a servi m'a averti qu'un homme était passé quelques jours plus tôt et qu'il était persuadé que j'allais finir par venir dans ce café. Il a proposé de lui donner une grosse somme d'argent si elle empoisonnait ma boisson.
- Quoi !? Ça s'est passé ce matin et tu ne m'annonces ça que maintenant ?

Je me redresse en le fusillant du regard.

- Je n'avais pas envie de t'adresser la parole, je fais en croisant les bras sur ma poitrine.
- Ah ouais ? Et la prochaine fois ça sera quoi, hein ? On te torturera mais tu ne voudras pas m'appeler parce que je t'aurais pris la tête le matin même ?

Je lève les yeux au ciel. Et en moins de temps qu'il n'en faut pour le dire, je me retrouve de nouveau allongée sous lui, sa main autour de ma gorge.

- Ne lève plus jamais les yeux au ciel quand je te parle, c'est bien clair ?

Comme il sert fort, je ne suis pas apte à lui répondre. Mais de toute manière, il n'attend pas ma réponse et se contente de me regarder de haut en bas avec haine, presque dégoût. Puis, il part de la pièce, me laissant seule et à moitié nue en plein milieu du salon.

Je me demande pourquoi est-ce qu'il m'a regardé comme ça. Parce que je l'ai énervé à ne lui avoir annoncé ce qu'il s'est passé ce matin seulement ce soir, ou parce que mon corps l'a dégoûté ? Au fond de moi, je sais que ça n'a aucun rapport avec mon corps. Mais malgré moi, je ressens le besoin de faire sortir tout ce que j'ai mangé ce soir. Alors, je me rhabille et me dirige vers les toilettes. Une fois que je les atteins, je fais attention à bien verrouiller la porte derrière moi. Et là, je me penche au-dessus de la cuvette et enfonce deux doigts dans ma bouche. Ça ne vient pas tout de suite, alors je recommence. Et cette fois-ci, je sens mon repas du soir remonter, et je vomis tout. Je m'apprête à recommencer lorsque je suis interrompue par des coups frappés à la porte.

- Ouvre ! crie Elías derrière.
- Je... je fais pipi, je mens.
- Il y a des caméras dans les chiottes, je sais que tu me mens !

Merde. Je ne dis rien et ne bouge plus.

- Ouvre ! réitère-t-il.
- Laisse-moi, Elías !
- Non, je refuse de laisser ma femme se faire du mal pour je ne sais quelle raison absurde !

- Mais c'est de cette façon que je me sens bien !
- Ce n'est pas normal. Maintenant ouvre avant que je ne défonce la porte.
- Tu...

Mais je n'arrive pas à terminer ma phrase. Ma vision commence à se brouiller alors que j'observe les quatre murs qui m'entourent. Je ne suis absolument pas claustrophobe, mais je sens un frisson parcourir ma peau et ma température corporelle chute d'un coup.

- Eeva, ouvre ! lance Elías derrière la porte, qui doit voir sur la caméra de surveillance que quelque chose cloche.

Je vais faire une crise d'angoisse, ça me paraît inévitable. Et le pire, c'est que je ne sais même pas pourquoi ces quatre murs qui m'oppressent me font cet effet. Je n'ai pas le souvenir d'avoir un jour eu peur d'être enfermée. Encore une chose dont je ne parviens pas à me souvenir. Mais ça n'est pas le plus important maintenant, puisque je commence à sentir les battements de mon cœur s'accélérer.

- Eeva !

Je commence rapidement à suffoquer. Je n'arrive plus à respirer correctement. Je porte une main à mon cœur et commence réellement à paniquer. Je n'arrive plus à respirer. Je sens ma chaleur corporelle augmenter brutalement, me donnant un vertige.

- Eeva !
- Elías... je parviens à murmurer.
- Ouvre cette putain de porte !

Je vois flou, et je me sens couverte de sueur. Je ne parviens plus à articuler quoique ce soit, j'ai l'impression de sombrer dans le néant. Je suis là sans être là, et je vis la scène sans réellement être présente.

- Eeva ! j'entends résonner au loin.

Puis le bruit d'une détonation, et la porte qui s'ouvre. Mais tout ça me parait encore trop lointain. Je sens qu'on m'attrape par les épaules et que l'on me secoue, mais je ne parviens pas à me calmer. Je n'arrive même pas à reconnaître la personne qu'il y a en face de moi. Ma respiration est toujours aussi agitée, et ma vision toujours aussi floue. Alors, je ferme les yeux et me laisse tomber au sol. Je sens que ma tête cogne contre ce dernier, mais je ne ressens pas la douleur. J'ai l'impression que ma cage thoracique me comprime à l'intérieur, et mon corps varie entre froid et chaud, laissant ma peau se recouvrir de frissons et de sueur en même temps.

Et là, on me balance de l'eau au visage. J'ouvre brusquement les yeux et tente d'inspirer autant d'air que je le peux. Je suffoque, mais l'air rentre. Je m'essuie le visage et observe tout autour de moi pendant que ma vision redevient correcte. Je sens les battements de mon cœur commencer à se détendre, même s'il bat encore très vite. Et là, un visage se plante devant le mien. Celui d'Elías, qui me dévisage sévèrement.

- Demain matin à la première heure, je fais venir un médecin pour t'ausculter.

# Chapitre 9

Le lendemain matin, Elías fait donc venir un médecin. Il me fait passer tout un tas de tests psychologiques, et m'annonce qu'il aura les résultats des analyses en fin de journée. En attendant, je propose à Liris de me rejoindre pour que nous allions faire du shopping ensemble, mais évidemment, avec ce que je lui ai raconté hier soir, Elías n'a pas accepté que nous y allions seules.

Nous voilà donc moi, Liris, Elías et Valtteri en train de marcher dans les rues d'Espoo. Le seul point positif à ce qu'ils nous accompagnent, c'est qu'ils portent nos sacs.

- J'irais bien dans cette boutique. Tu viens, Elías ?
- Quelle boutique ?

Mais je ne lui réponds pas et entre déjà. Il me suit à l'intérieur de celle-ci tandis que Liris et Valtteri partent acheter des trucs à manger.

- Tu m'as vraiment emmené dans un sex-shop ? fait-il en se tournant dans ma direction.
- Bah non, c'est un magasin de jouets pour enfants, ça ne se voit pas ?

Il ne relève pas et avance dans le magasin. En ce qui me concerne, je m'approche des accoutrements de « dominatrice ».

- N'y pense même pas, j'entends juste derrière moi.

Je me tourne vers Elías et lui tapote le torse.

- Ne t'en fais pas, j'ai bien compris que tu préférais avoir les gens à tes pieds, et pas l'inverse.
- Ce n'est pas au niveau de mes pieds que je te veux...

Un sourire lubrique se dessine sur son visage. Je hausse les sourcils et le contourne pour aller voir le rayon des vibromasseurs.

- Oublie ça aussi, dit-il. Mes doigts font parfaitement le job.
- Mmh, je ne m'en souviens plus, je n'y ai eu le droit qu'une seule fois après tout.
- Ah ouais ? Tu veux que je te le prouve ?

Un sourire en coin naît sur mes lèvres.

- Comment comptes-tu t'y prendre ?

Il m'attrape par le bras et, vérifiant que personne ne nous observe, m'entraîne dans la réserve du magasin. Il fait sombre et c'est plutôt étroit, mais il n'y a personne. Là, il m'assoit sur un carton et se place entre mes jambes. Il pose ses deux mains sur mes cuisses et descend immédiatement l'une d'elle entre mes jambes.

Je le regarde faire attentivement tandis qu'il soulève ma robe et décale mon string pour pouvoir passer ses doigts dessous. Et là, il commence à me caresser. Il commence par le faire doucement, comme s'il voulait s'assurer de ne pas y aller trop brusquement, puis il commence à accélérer vivement la cadence. Ses caresses commencent à se faire plus intenses, plus brutes, et j'adore ça.

- Alors ? fait-il.
- Mmh, je ne sais pas trop. Je crois qu'il faut que tu me fasses une autre démonstration.

J'ai à peine terminé ma phrase qu'il entre un doigt en moi. Mes mains serrent automatiquement le carton sur lequel je suis appuyée et je ferme les yeux. Ma tête bascule en arrière sans même que je m'en rende compte.

- Tu n'attends que ça, hein ? se vente-t-il, comprenant très bien l'effet qu'il a sur moi.
- Arrête de parler.

Je suis persuadée qu'il est en train de sourire, même si je ne le vois pas. Je le sens insérer un deuxième doigt en moi et il commence alors à faire des va-et-vient rapides mais précis. Putain, c'est clair qu'avec lui je n'aurais jamais besoin d'un vibromasseur ou de quoique ce soit dans le genre. Il accélère légèrement la cadence et j'écarte un peu plus les jambes pour lui donner un meilleur accès et ressentir de meilleures sensations. Je prends vraiment mon pied, lorsqu'il s'arrête d'un coup.

- Oh non, tu me l'as déjà fait le jour du mariage, ça suffit ! C'est quoi cette manie de s'arrêter à chaque fois où je prends le plus mon pied ?
- Je veux que tu me supplies.
- Pardon !?
- Je veux que tu me supplies et que tu me dises avec tes mots qu'avec mes doigts, tu n'as pas besoin de sex-toy.

Il a une personnalité narcissique qui lui donne ce besoin de l'entendre se faire complimenter. Je ne sais pas si ça me plaît ou si ça m'agace. La seule chose que je sais, c'est qu'en ce moment même ça m'agace.

- Je ne supplierai jamais un homme pour qu'il me touche.
- Je l'espère bien. Je suis le seul à pouvoir te toucher. J'espère que c'est bien clair dans ta tête.

Je ne lui réponds pas et le fixe longuement. Il fait de même et on croirait presque qu'il s'agit d'un jeu comme « le premier qui détourne le regard a perdu ». Sauf que j'ai l'entrejambe en feu et que je n'ai qu'une envie, qu'il me fasse jouir avec ses doigts.

- Allez Elías...
- Non, tu me supplies.
- Continue s'il te plaît.
- Ce n'est pas ce que je t'ai demandé de dire.

Je pousse un soupire excédé. Il veut jouer ? Très bien, nous allons jouer. Sans le quitter des yeux, je pose ma main sur le haut de ma poitrine, puis commence à la descendre lentement, très lentement le long de mon corps. Je passe sur le côté de ma poitrine, mes côtes, mes hanches... et m'arrête juste au-dessus de mes cuisses. Puis, sans jamais lâcher son regard, je descends ma main sur mon entrejambe et commence à me caresser.

Ses yeux descendent et me regardent me donner du plaisir. J'insère un doigt en moi, très lentement, et le ressors. Je répète ce geste quatre ou cinq fois, avant d'écarter un peu plus les jambes. Il plante à nouveau son regard dans le mien et commence alors à déboutonner son pantalon. Un sourire salace prend place sur mon visage tandis qu'il s'approche de moi en baissant son pantalon ainsi que son boxer.

Là, il se place entre mes jambes et place son membre juste à l'entrée de mon intimité.

- Je ne vais pas y aller doucement, vient-il murmurer en se penchant à mon oreille.

Puis, voyant que je n'émets aucune opposition, il s'enfonce d'un coup en moi, m'arrachant un cri de surprise. Il commence à ressortir un petit peu et à se renfoncer brusquement en moi, m'arrachant un râle de plaisir. Je sens sa respiration se saccader contre mon oreille, et ça ne m'excite qu'encore plus. Il accélère encore ses mouvements et un gémissement m'échappe. Il pose alors ses mains sur mes hanches et les agrippe pour ainsi mieux contrôler les mouvements de mon bassin. Il m'écarte un peu plus les jambes et passe ses mains sous mes fesses pour venir me coller à lui à chaque fois qu'il me pénètre.

- Elías...

Je ne parviens pas à dire quoique ce soit d'autre. Ça faisait vingts putains d'années que j'attendais qu'on me baise comme ça. Qu'on me baise tout court, aussi.

Il donne encore un nombre incalculable de coups de reins, si bien qu'il me semble inépuisable, et nous finissons par jouir tous les deux au même moment. Lorsqu'il se retire de moi, je m'allonge le dos contre ce carton sur lequel il vient de me prendre et tente de retrouver une respiration régulière. C'est très compliqué, mais ça revient petit à petit.

Merde, je suis accro à ce type et à ce qu'il sait faire avec son corps.

**

A midi, nous nous sommes tous les quatre installés dans un restaurant qu'Elías a fait privatiser et nous dégustons nos plats dans le silence. Je n'arrête pas de lui lancer des regards lubriques, qu'il me rend. Valtteri est tellement occupé à dévisager Liris qu'il ne le remarque pas, et elle, elle a la tête baissée sur son assiette, prétendant ne pas le remarquer.

Le silence est brisé lorsque la porte s'ouvre sur deux personnes qui ne sont pas vraiment les bienvenues ici. Mattia, la pouffiasse italienne de la réception à qui Elías a fait comprendre que la baiser lui manquait, et Ossian, le cousin éloigné d'Elías.

- On vous a aperçu à travers la fenêtre, alors on s'est dit qu'on allait se joindre à vous, dit-il.
- Vous n'étiez franchement pas obligés, je remarque.

Mattia m'ignore et part s'installer une chaise juste à côté de mon époux, ce qui a le don de me mettre en rogne.

- Nous n'avons pas pu réellement terminer notre conversation de la dernière fois... commence-t-elle en lui caressant la main.

Je détourne le regard vers Ossian, qui vient de s'installer près de moi. Comme Elías laisse Mattia le caresser, je décide de ne pas rester à rien faire.

- Quel âge as-tu ? je questionne donc Ossian.
- 23 ans, chérie. C'est à moi qu'aurait dû revenir le rôle de chef.
- Ne parlons pas business. Tu as des passions dans la vie ?
- Ouais, tuer. Et... baiser, fait-il en lançant un regarde entendu à tout mon corps.

C'est à ce moment-là qu'Elías relève la tête.

- Arrête de parler avec elle, dit-il.
- Pourquoi donc ? Elle n'est pas ta propriété, il me semble qu'elle peut décider par elle-même si elle souhaite encore discuter avec moi ou non.

Elías me lance un regard meurtrier, que j'ignore.

- En tout cas, ce n'est pas parce que tu es marié que tu as perdu en virilité, commente Mattia en le regardant avec intérêt.

Je vais me la faire. Elle dit un mot de plus de travers, et je le lui fais regretter. Je me retourne vers Ossian pour me distraire.

- Tu sais, c'est dommage que tu ne t'entendes pas avec mon époux, vous pourriez faire des grandes choses ensemble.

- Ouais, mais moi je veux tout... ou rien, fait-il en posant une main sur ma cuisse, que je retire immédiatement.
- Ouais, c'est compréhensible, je remarque.
- Pousse ta main Mattia, lance soudain Elías.

Je tourne instantanément la tête vers eux et remarque que cette salope a posé sa main sur la cuisse de mon homme.

- Oh d'accord, c'est bon, fait-elle en reposant sa main sur la table avec un sourire sur les lèvres.

Je vois rouge. Non mais pour qui est-ce qu'elle se prend ? Folle de rage, j'attrape le couteau qui me servait à manger et le lui plante dans la main. Un hurlement de douleur lui échappe, tandis qu'un air satisfait prend place sur mon visage.

- Espèce de pe...

Mais je ne lui laisse pas le temps de finir et lui plonge la tête dans mon plat de pâtes.

- Je suis ravie que tu aies épousé cette fille ! s'exclame Liris en se tournant vers Elías en claquant des mains.

Et elle explose de rire tandis que Mattia relève sa tête pleine de sauce. Elle part vite dans les toilettes du restaurant, et lorsqu'elle n'est plus à portée de vue, tous les regards se braquent sur moi. Je hausse les épaules.

- Il fallait bien que quelqu'un la remette à sa place. Et puisque toi tu n'avais pas l'air enclin à le faire, alors je m'en suis chargée, je lance en me tournant vers mon époux.

Et sur ces mots, je me lève et quitte le restaurant. Je le quitte tellement précipitamment que je manque de me faire renverser par une voiture. Je suis sauvée de justesse par Elías, à mon grand désespoir.

- J'aurais préféré que tu le laisses m'écraser.
- Pourquoi, t'as des pensées suicidaires en plus de te faire gerber ??

Je ne réponds pas et traverse la rue.

- Oh, attends ! fait-il en me suivant.

Mais je ne m'arrête pas. Alors, il m'attrape par le bras et me garde avec lui tandis qu'il reçoit un appel.

Lorsqu'il raccroche, il a l'air préoccupé.

- On ne rentre pas au manoir, dit-il.
- Pourquoi ?
- L'alarme a détecté une présence inconnue sur le territoire.

Je lève les yeux au ciel. Il ne manquait plus que ça.

- Alors on fait quoi ?? Je n'ai pas envie de rester dehors.
- On va aller dans un de mes hôtels, le *Purple Roses*.
- C'est un hôtel de charme ou quoi ? C'est quoi ce nom ?

Il ne me répond pas et sans me lâcher, prend la direction de la voiture, la Ferrari bleu nuit. Je tire sur mon bras et heureusement, il me relâche. Nous nous installons et il démarre.

Lorsque nous arrivons à l'hôtel, nous nous dirigeons directement vers les ascenseurs. Tout le monde sait qui il est ici, et tout le monde connaissait son père, surtout. Nous prenons donc la direction du penthouse et une fois que nous sommes dans l'ascenseur, je l'ignore.

- Tu es jalouse.
- De ?
- Mattia. Tu ne lui aurais pas planté cette fourchette dans la main sinon.
- Bravo Sherlock, tu veux une médaille ? Elle te caresse la cuisse et toi, tu lui dis seulement « arrête ».
- Et toi tu discutais avec Ossian.
- Et alors ? Il ne me...

Je m'apprêtais à dire que lui ne me caressait pas la cuisse, mais ça serait faux.

- Quoi ?
- Rien.
- Tu allais dire quelque chose, dis-le.
- Je n'en ai plus envie.
- Si tu me caches quelque chose...
- Elías, je le coupe. Si je te cachais quelque chose, je ferais en sorte que tu ne le découvres jamais, alors ça ne sert à rien d'insister.

Il me fusille du regard tandis que les portes s'ouvrent directement sur l'appartement. Je suis la première à rentrer dedans. Maintenant, il faut que j'aille trouver des toilettes pour faire ressortir tout ce que j'ai avalé ce midi, car j'ai beaucoup trop mangé et j'ai senti des regards me juger lorsque nous sommes arrivés ici.

# Chapitre 10

**Elías**

Le soir, Eeva et moi n'avons pas reparlé. Je suis occupé sur son dossier. J'ai engagé un détective privé pour essayer de trouver ce qui peut lui faire défaut dans son passé au point que quelqu'un veuille sa mort. Lorsque mon téléphone sonne, je décroche immédiatement. C'est le médecin qui lui a fait passer des tests psychologiques.

- Oui ?
- Monsieur Mulligan, j'ai les résultats des tests de votre femme.
- Je vous écoute.
- Très bien. Eeva est atteinte d'un trouble anxieux.
- Et concrètement qu'est-ce que ça veut dire ?
- Oui, j'allais vous l'expliquer. Un trouble anxieux peut se présenter sous différentes formes, les plus fréquentes étant des attaques de panique, beaucoup d'anxiété et une agoraphobie plus ou moins forte. Ce sont généralement des facteurs psychologiques et environnementaux qui favorisent l'apparition de ces crises. Alors, si votre femme a été beaucoup perturbée dernièrement suite à une chose qui aurait pu lui arriver à elle ou à son entourage, cela peut expliquer l'arrivée de ses crises.

Je hoche la tête pour moi-même. C'est bien ce dont elle souffre.

- C'est bien ce que je pensais. Le truc, c'est qu'il a dû arriver un truc tellement perturbant dans sa vie que son cerveau a préféré ne pas en garder de souvenir.
- Vous voulez dire qu'elle ne se souvient absolument pas de ce qui a pu lui déclencher des crises ?
- C'est ça.
- Alors ça risque d'être compliqué de l'aider.

Je ne réponds pas. Je veux savoir qui a bien pu faire du mal à me femme au point qu'elle en soit si traumatisée que son cerveau développe un mécanisme de protection en oubliant.

- Il y a un traitement disponible ? je demande alors.
- Vous pouvez lui faire prendre des antidépresseurs.
- Ouais, ok. Merci.

Et je raccroche. Merde, ça commence vraiment à m'énerver, cette histoire. Quelqu'un l'a traumatisé, et c'est sans doute cette même personne qui tente de l'assassiner. Mais s'il n'a pas encore réussi à l'atteindre, c'est qu'il craint la mafia, alors cette personne ne doit pas être assez puissante.

- J'ai faim.

Je me tourne vers Eeva lorsqu'elle prononce ces mots.

- Tiens, c'est nouveau ça.
- Il y a bien un restaurant dans cet hôtel ?
- Ouais, je finis ça et j'arrive.
- Pourquoi est-ce qu'il y a mon prénom sur ton dossier ? fait-elle en fronçant les sourcils.

Elle s'approche de moi et s'en empare.

- Je tente de trouver ce qui a pu t'arriver pour que tu sois traumatisée au point d'oublier une partie de tes souvenirs. Si on découvre ce qu'il t'est arrivé, on comprendra sûrement qui te veut du mal et on pourra s'occuper de son cas.

Elle repose le dossier.

- On va manger ? J'ai faim.
- Deux minutes.

Elle sort de la pièce en marmonnant je ne sais quoi. Je peux comprendre qu'elle n'ait pas aimé ma proximité avec Mattia, mais elle va finir par comprendre que je suis comme ça. Nous ne sommes mariés que depuis quelques jours, elle n'a pas réellement pu voir l'homme que je suis. Sans compter que je l'ai quand même enfermé dans la cave pendant une nuit complète.

Je finis donc ce que j'ai à faire et une fois que je suis prêt, je la rejoins dans le salon.

- On y va, je lance simplement.

Nous nous dirigeons vers l'ascenseur et y entrons en silence. Une fois que nous en sortons, certaines personnes me saluent et je réfléchis au fait que je devrais peut-être leur demander de baiser mes pieds pour montrer mon pouvoir.

Lorsque nous nous installons autour d'une table, un silence pesant règne. Ce n'est pas mon genre.

- Je vais aux toilettes, lance-t-elle soudain.
- Tu n'as pas intérêt à te...
- Je n'ai pas encore mangé, abruti.

Je serre la mâchoire pour m'empêcher de me lever et de lui faire payer cette insulte. Elle s'en va donc tandis que je me demande comment faire pour qu'elle arrête de faire la gueule. Alors, une idée me vient. Je prends le plat qui était à la table d'à côté, un regard a suffi à convaincre son propriétaire, et étale la sauce tomate sur la chaise d'Eeva.

Lorsque celle-ci revient, elle s'assoit et un cri de surprise lui échappe.

- Qu'est-ce que... ?
- Putain t'as tes règles !? je m'exclame bien fort pour que tout le monde se retourne.

Mais ma blague n'a pas l'effet escompté, puisqu'elle me fusille du regard et se casse. Je lève les yeux au ciel. C'est compliqué une femme !

- Eeva ! je fais en la suivant.

Mais elle continue son chemin sans m'attendre.

- Oh, Eeva !

Elle prend la direction d'un couloir vide, alors je me rapproche d'elle et l'attrape par les bras, puis la plaque contre le mur.

- Quand je t'appelle, tu te retournes.

Elle ne dit rien et se contente de me fusiller du regard. Alors, je décide de lui dire la vérité en pleine tête.

- Tu t'attendais à épouser un homme exemplaire ? Il ne fallait pas épouser un mafieux dans ce cas. Je suis frivole, libertin et tout un tas d'autres adjectifs, c'est moi et je n'y peux rien.

Elle ne dit rien mais contre toute attente, un petit rire lui échappe. Alors il suffisait de lui dire la vérité pour que ça fonctionne ?

- Tu as réellement employé le mot « frivole » ?

J'entrouvre la bouche.

- Je pense que je ne te regarderai plus jamais de la même façon.

Et elle commence à se foutre ouvertement de moi tandis que je croise mes bras sur ma poitrine. Le point positif, c'est qu'elle rit. Le point négatif, c'est qu'elle rit de moi. Elle finit par redevenir sérieuse et me toise un long moment.

- Mais pourquoi est-ce que t'es allé foutre de la sauce tomate sur ma chaise ?
- Je voulais te faire une blague, je pensais que ça détendrait l'atmosphère.
- Oula, mon pauvre Elías. Ça se voit que tu n'as pas pris l'habitude d'être galant.

Je hausse les épaules.

- Je suis pardonné pour Mattia ?
- Il n'y a pas grand-chose à pardonner, en fait, puisque tu lui as dit de retirer sa main.
- Alors je peux savoir pour quelle raison est-ce que tu me faisais la gueule ?

Elle hausse les épaules.

- Tu m'as quand même emmerdé à la laisser te tripoter juste sous mes yeux.

Je plisse les paupières.

- Bon, on peut aller manger maintenant ?
- Je n'ai plus très faim, dit-elle.
- Alors qu'est-ce que tu veux faire à la place ?
- Et si on allait s'amuser en cuisines ?
- Pourquoi pas.
- Mais avant, il faut que j'aille me changer. Un abruti a eu la bonne idée de mettre de la sauce tomate sur ma chaise.

**

Eeva vêtue de vêtements propres, nous nous mettons en route pour les cuisines et je ne peux m'empêcher de penser que mon mariage avec cette femme risque de faire des étincelles.

- Au fait, lorsque tu as abordé ton côté « frivole » tout à l'heure il y a certaines choses que je n'ai pas apprécié entendre, commence-t-elle. Si jamais je te surprends en train de me tromper, je te ferais prendre à toi et à ta pouffiasse un bain d'acide.

Et sur ces belles paroles, nous voilà arrivés aux cuisines.


## Eeva

Nous entrons en cuisine et immédiatement, les odeurs et la vue de la nourriture me donnent la nausée, comme toujours. J'ai toujours été comme ça, du plus loin que je m'en souvienne, surtout à cause de mes parents.

Je me déteste. À chaque fois que je mange, je fais attention à garder la tête bien droite ou à cacher mon cou pour ne pas que l'on se dise « tiens, elle se permet de bien manger pour une personne qui a un double menton ». Et puis toutes les remarques que mes parents me faisaient lorsque je mangeais quelque chose hors des repas, ces regards accusateurs qui me coupaient toujours l'appétit, et pourtant je mangeais quand même. Pourquoi ? Parce que je n'arrivais pas à m'arrêter. J'avais envie de manger. Je n'avais même pas faim, c'était juste cette putain d'envie. Je prenais progressivement du poids, et je n'arrêtais pas de me dire que j'allais finir par faire un régime, mais je ne l'ai jamais fait. Résultat : j'ai pris tellement de poids que je me disais que ça serait insurmontable et que je ne parviendrais jamais à le perdre. Alors, j'ai continué à manger. Et à chaque fois, ces mêmes regards accusateurs et cette impression de me faire juger revenaient. Mais je n'arrivais pas à m'arrêter. À chaque fois que je me regardais dans un miroir, je me sentais mal et je m'imaginais couper la graisse de mon ventre avec des ciseaux.

Puis, je suis devenue anorexique, et j'ai perdu près de 15 kilos en trois mois. Les mafieux se moquaient de moi, et une fois j'ai même crié sur l'un d'entre eux en disant qu'il aimerait bien la fourrer cette fille « mi-mince mi-obèse » comme ils aimaient si bien m'appeler.

Je baisse le regard sur mon ventre. Je suis trop grosse, il faut que j'arrête de manger.

- Eh ? fait Elías. A quoi est-ce que tu penses ?
- Rien, je fais en revenant à moi. Alors, qu'est-ce qu'on fait ? On crache dans les plats ?
- Hein ? Mais t'es dégueulasse, bien sûr que non on ne va pas faire ça.
- Monsieur et madame Mulligan, je peux vous aider ? fait le chef cuisinier en arrivant derrière nous.
- Non, on visite, dit Elías.
- Oh, d'accord...

Et il me jette un coup d'œil qui me fait froncer les sourcils.

- Dites-moi, est-ce que je suis une vache, un mouton ou un porc ?

Il hausse les sourcils.

- Je vous demande pardon ?
- Répondez à ma question.
- Euh... non, vous n'êtes ni une vache, ni un mouton, ni un porc.
- Bien. Dans ce cas je ne pense pas être le type de viande dont vous devez vous occuper ce soir. Gardez vos yeux ici, je fais en lui indiquant mon visage.

Elías fronce les sourcils.

- Quoi, il t'a maté ? demande-t-il.
- Hein ? Mais non ! ment le chef.
- Bien sûr que si, je fais en croisant mes bras sur ma poitrine.
- Non, c'est faux !
- Vous traitez ma femme de menteuse ?
- Oui ! Enfin non... enfin...

Il ne sait plus quoi répondre.

- Vous devez bien vous douter que vous n'êtes pas le seul à la regarder, dit le chef.

Et à ce moment-là, un faux rire échappe à mon mari.

- Donc tu dis ouvertement que tu l'as maté ?

- Oui mais...

Il n'a pas le temps de finir sa phrase qu'Elías s'empare de sa main et la met dans le hachoir. Et là, des lambeaux de chair de ses doigts en sortent tandis qu'il hurle de douleur et que tout le monde en cuisine se tourne vers nous. Puis, il l'éloigne du hachoir.

- Alors, vous allez encore la mater ma femme ?
- N... non... bégaye-t-il, au bord de l'évanouissement.
- Oh c'est bon arrêtez de gémir. Il a été gentil, il vous a laissé votre bras, je lance.

Elías le lâche comme si ce n'était qu'un vulgaire objet et m'attrape brutalement par les hanches pour me bloquer contre un comptoir.

- T'es à moi, dit-il.
- Bien sûr.
- Je veux t'entendre le dire.
- Je suis... au cuisinier.

Il fronce les sourcils.

- J'ai bien envie de t'en foutre une, mais je ne le ferai pas. Ma mère me tuerait.
- C'est bien Elías, t'es un bon garçon qui écoute bien sa maman, je fais en me dégageant de sa prise.

Mais il me reprend plus brusquement et me remet à la même place.

- Arrête, sinon je risque sérieusement de te baiser à côté d'un cadavre.

Je grimace.

- Jamais de la vie. Par contre... j'ai une idée plutôt divertissante à te proposer.

Et là, je referme bien ma longue veste, puis commence à dégrafer mon soutien-gorge. Ensuite, je le lui tends. Puis, j'enlève mon string et le pose dans la poche de son pantalon. Il me regarde faire avec envie. Alors, devinant que j'ai le pouvoir, j'ouvre ma veste et lui dévoile ma jolie robe rouge moulante et transparente, à travers de laquelle on voit tout.

- Putain... dit-il.

Je m'approche de lui, penche ma tête à côté de sa joue et murmure :

- Je vais monter me rafraîchir dans la chambre...
- Très bien, je nous fais livrer le repas dans le penthouse...

Je me raidis instantanément.

- Non, pas de repas.

Il me regarde étrangement mais ne dit rien. Et, tandis que je sors des cuisines, je pars m'installer dans l'ascenseur pour me rendre dans notre suite.

Lorsque j'y suis, je pars m'allonger sur le lit et l'attends. Il ne tarde pas à arriver, une bouteille de champagne à la main. Tiens, ça, j'en boirai volontiers. Il prépare deux coupes et m'en tend une. Je la descends presque d'une traite. J'ai faim, mais il est hors de question que je mange, même pour me faire vomir après. Alors, le champagne compense.

Puis, Elías se place au-dessus de moi et mate mes formes par-dessus ma robe.

- Alors, qu'est-ce que tu attends pour me l'enlever ? je demande.

Il ne répond pas tout de suite, et prend le temps de me regarder quelques secondes supplémentaires. Puis, il me répond enfin.

- Ton corps est une œuvre d'art, et cette robe en est le cadre. J'ai bien envie de te prendre pendant des heures avec...

# Chapitre 11

**Elías**

Immédiatement, je fonds sur ses lèvres pour l'embrasser. Je ne mentais pas en lui disant que cette robe lui allait à la perfection, elle est ultra bandante. Pendant que je laisse mes mains parcourir son corps, elle enroule ses jambes autour de mon bassin pour m'attirer à elle. Nos langues se rejoignent, et j'entends que sa respiration commence déjà à accélérer. Je m'apprête à descendre ma main vers son entrejambe lorsque mon téléphone vibre, signifiant que j'ai reçu un message. Je m'en empare et le lis.

- Qu'est-ce que c'est ? demande Eeva en se redressant.
- Le manoir a été inspecté de fond en comble, et aucune présence étrangère n'a été décelée. On pourra rentrer chez nous dès demain matin.
- Oui mais en attendant... on peut profiter de la nuit, non ?

**

Le lendemain matin, je me réveille avec des courbatures. Eeva et moi avons, pour rester poli, copuler toute la nuit. Elle est souple et endurante, même si je l'ai senti faiblir après un énième round.

Lorsque nous retournons au manoir, je l'entraîne immédiatement au rez-de-chaussée, là où il y a ma salle de sport.

- Après ce qu'il s'est passé ces derniers jours avec ce nouvel ennemi qui tourne autour de la mafia, tu dois comprendre que tu es potentiellement une cible en permanence, je l'informe.
- C'est très rassurant, ironise-t-elle.
- C'est pour ça que nous sommes là aujourd'hui. Je veux t'entraîner à te battre. Je vais t'apprendre où est-ce qu'il faut placer les coups pour qu'ils soient efficaces, et quels sont les endroits les plus déstabilisants à frapper en premier.

Elle hoche la tête.

- Et à la fin, nous nous battrons l'un contre l'autre pour voir si tu as bien retenu la leçon.

Elle hausse un sourcil.

- Je vais t'éclater la gueule, tu te rends bien compte de ça ? demande-t-elle.
- Oh, ma belle Eeva. Trop de prétention tue la prétention. Allez, on va se préparer et on se retrouve là dans quinze minutes.

C'est donc quinze minutes après, après m'être changé et avoir mangé un citron pour me redonner de l'énergie, que je retrouve mon épouse dans le ring de boxe. Je lui enseigne quelques coups, comme la manière dont un seul coup de main permet de briser une nuque, ou comment sectionner les talons d'Achille d'un coup de couteau bien placé. Puis, je lui apprends aussi les bases. Chez un homme, il faut toujours viser les couilles en premier, c'est notre point faible à tous. Et, si elle tombe sur un castra ou sur une femme, elle vise l'entrejambe également, ça fera tout aussi mal dans les deux cas. Ensuite, je lui enseigne comment donner de bons coups de poings et comment placer ses pouces pour ne pas se les casser en donnant un coup trop fort. Elle se débrouille plutôt bien, mais je ne pense pas qu'elle soit capable de me battre dans un combat.

D'un côté, qui pourrait battre Elías Mulligan ? C'est pratiquement impossible.

Lorsque j'ai fini de l'entraîner, nous nous apprêtons donc à commencer notre combat. Pour l'occasion, ma mère, Carita, Nina ainsi que Liris et Valtteri se joignent à nous pour nous observer.

- Si tu me casses une dent je te brise une côte, lance ma ravissante épouse.

Je lui souris diaboliquement avant de me tourner vers ma mère.

- Je te laisse faire le compte à rebours !

Elle hoche la tête.

- Très bien alors 3, 2, 1... ça commence !

Immédiatement, Eeva se rapproche de moi et tente de me mettre un crochet du droit. Evidemment, je l'anticipe et de ma main droite, j'attrape son poignet pour venir lui tordre le bras dans le dos. Elle a le bon réflexe de me frapper avec son pied sur le torse, ce qui me fait la lâcher et reculer de quelques pas.

- Allez Eeva !! s'exclame Liris.

Eeva a alors le réflexe de se tourner vers elle et j'en profite pour lui mettre un coup de poing dans le visage. Elle s'effondre au sol et j'entends ma mère grommeler.

Alors, je m'approche de mon épouse pour la relever mais au dernier moment, celle-ci m'envoie son pied en pleine figure et c'est à mon tour de m'effondrer comme un débutant.

Elle en profite pour venir se mettre à califourchon autour de moi et tenter de me maîtriser. Le truc, c'est qu'elle ne pèse pas grand-chose par rapport à moi, alors je l'éjecte bien vite de mon corps.

J'entends une plainte sortir de sa bouche au moment où elle atterrit sur le sol froid, et je me rends compte que j'ai vraiment dû lui faire mal. Je m'approche alors d'elle en gardant une distance raisonnable cette fois-ci, et la scrute. Elle se redresse alors et je vois qu'elle se tient le poignet et qu'elle a le ventre éraflé.

- T'es con Elías, lance ma mère.
- Oui, un vrai tocard ! s'exclame Liris.
- Fais gaffe à ton langage, idiote, la réprimande Carita.

Mais je ne me concentre que sur Eeva, qui quitte le ring sans un mot. Alors, je la rattrape et la tourne face à moi.

- Qu'est-ce qu'il se passe ??

Tandis que je remarque sa lèvre ouverte et qui saigne à cause du coup que je lui ai mis, je vois qu'elle semble perdue.

- Lorsque je me suis mise à califourchon sur toi pour te maîtriser, j'ai eu une étrange impression de déjà-vu, mais je ne parviens pas à me souvenir de quand ni de pourquoi je faisais ça.
- Encore un truc dont tu ne parviens pas à te souvenir...

Elle soupire et baisse les yeux. Lorsqu'elle les relève, elle semble un peu plus détendue.

- En tout cas, tu t'es bien fait avoir, dit-elle. J'ai réussi, moi, à mettre le redoutable et très vaniteux Elías Mulligan à terre !
- Ouais bah n'en fais pas tout un plat non plus.

Puis, elle semble remarquer ma main et s'en empare en fronçant les sourcils.

- Tu as les jointures explosées.
- Les jointures ? Les phalanges plutôt, non ?
- Ah oui, oups. Je ne m'y connais pas en anatomie humaine, lance-t-elle avec un regard rempli de sous-entendus.
- Ne t'inquiète pas je vais t'apprendre, ce n'est pas un souci.
- Avec plaisir.

Et sur ces nouvelles interrogations et promesses, nous nous dirigeons vers notre salle de bain pour penser nos blessures.

- Qui a gagné selon vous ? demande Eeva une fois que nous rejoignons ma famille.
- Vous vous êtes tous les deux bien débrouillés, commente Nina.
- En tout cas, je connais plusieurs hommes qui seraient dégoûtés de voir qu'Eeva sait se battre comme ça, dit Carita, un sourire amusé aux lèvres.

- Si des hommes pensent trop à ma femme ils vont se recevoir une balle en pleine tête, je grogne.
- Tiens, j'ai l'impression d'avoir déjà vécu cette scène. Tel père tel fils, commente ma mère.
- Votre mari était quelqu'un de jaloux ? demande Eeva.

Ma mère échappe un rire.

- Non, pas jaloux. Du moins pas au début. Il était surtout possessif. Le jour de notre mariage, il a assassiné plusieurs hommes simplement parce qu'ils avaient posé le regard sur moi.

Les yeux d'Eeva s'écarquillent, et je suis sûr qu'à ce moment-là, elle est contente de ne pas être née une génération plus tôt.

- Allez, maintenant on va prendre un bon repas pour féliciter nos deux boxeurs, dit Nina en sortant de la pièce.

J'aperçois Eeva tressaillir. S'il faut que je la force à manger, je le ferais.

- Oh fait, vous vous rappelez que demain c'est Halloween ? demande Liris en s'asseyant autour de la table après que nous ayons préparé le repas.

Bon ok, après que des domestiques l'aient préparé pour nous.

- On pourrait sortir pour fêter ça, et tu pourrais organiser une soirée déguisée dans une de tes boîtes, poursuit-elle.
- Oui, pourquoi pas.

L'idée me semble pas mal, excepté le fait qu'Eeva va probablement s'habiller très sexy pour l'occasion. J'emmènerai deux flingues avec moi, ça sera plus sûr.

Je me tourne vers elle et la vois manger quelques bouts de nourriture par-ci par-là... ce n'est pas assez, mais tant qu'elle mange c'est déjà ça.

- Eeva, ça te dit qu'on aille faire du shopping cette après-midi pour trouver nos déguisements ? lui propose Liris.
- Oh oui, avec plaisir.
- On vous accompagnera, je lance.
- Mais...
- Je ne t'ai pas demandé d'argumenter. La menace rôde et il est hors de question qu'un fils de pute touche aux femmes de ma famille.

Tandis que ma cousine lève les yeux au ciel, Eeva me lance un regard. Elle ne semble pas en grande forme depuis que nous avons fini le combat de boxe, et je me demande si ce n'est pas à cause de cette impression de déjà-vu qu'elle a ressenti pendant le combat. Ça m'embête autant qu'elle, qu'elle ne parvienne pas à se souvenir. Il faut éliminer celui qui lui a fait du mal et cherche encore à lui en faire aujourd'hui pour qu'elle arrête d'avoir ses fichues crises d'angoisses qui finiront tôt ou tard par lui pourrir la vie.

Le lendemain soir, me voilà déguisé en diable par le souhait d'Eeva, qui voulait se déguiser en diablesse. Elle ne m'a pas montré sa tenue mais j'ai franchement peur qu'elle mette un truc trop dévoilant.

Et ça n'y coupe pas, je le comprends immédiatement en la voyant descendre avec sa robe bustier et courte en cuir rouge avec un décolleté ultra plongeant. Elle a mis des gants et des cuissardes de la même couleur, et porte un serre-tête avec deux cornes rouges dessus.

- Tu retires les cornes et t'es bonne à aller faire les trottoirs.
- Je t'emmerde. Dis-toi que tu pourras m'enlever la robe ce soir.

Elle s'approche de la limousine qui va nous emmener à ma boîte et brusquement, manque de tomber. Je fronce les sourcils et m'approche vers elle, mais elle me repousse.

- Tout va bien, je suis juste un peu fatiguée.

Tandis que nous nous asseyons dans la voiture aux côtés de Liris et Valtteri, je la détaille des pieds à la tête.

- Tu as faim ?
- Non.

Je sais pertinemment qu'elle ment. Je déteste la voir s'infliger ça alors qu'elle est l'une des plus belles femmes qu'il m'ait été donné de voir de toute ma vie. Et je parle en connaissance de cause, je m'en suis tapé un bon paquet.

La limousine roule jusqu'à la boîte nommée *Extra*, où l'on peut notamment y trouver un bon paquet de prostituées et, lorsque nous arrivons, j'aide Eeva à sortir de la voiture. Elle a déjà l'air un peu mieux.

Elle et Liris partent bras dessus bras dessous vers l'entrée tandis que je reste en arrière avec Valtteri, qui mate ma cousine déguisée en écolière. Il n'est pas très subtil, il s'est déguisé en professeur.

- Tu sais qu'elle te considère comme un frère ? je lui demande.
- Ce genre de chose peut arriver dans la mafia.

Nous rions et je prends un air sérieux.

- Si jamais quelque chose venait à se passer entre vous, tu as intérêt à bien la traiter et à la respecter.

Liris est ma cousine, mais je la vois plutôt comme ma sœur, on a grandi ensemble, tout comme avec Valtteri.

- Je dois te rappeler d'où je viens et ce qu'on a fait subir à ma mère ? Je ne referai jamais vivre à une femme ce que Dean a fait vivre à ma mère.

Je hoche la tête. Dean, c'est le prénom de son géniteur, le cousin de sa mère qui l'a violé.

Les femmes de ma famille ont vécu beaucoup de choses et ça ne les a rendu que plus fortes.

-   Bon allez, arrêtons les sujets maussades et profitons, une bonne soirée nous attend ! fait-il en me mettant une tape dans le dos tout en rejoignant les filles.

Et je les rejoins à mon tour en passant un bras autour de la taille d'Eeva, que je sens frissonner. Ce qui est bien avec les femmes qui n'ont pas beaucoup d'expérience, c'est qu'un rien les allume. Et ce soir, je compte bien en profiter.

# *Chapitre 12*

**Eeva**

Tandis que la soirée bat son plein, je ne peux m'empêcher d'admirer Elías dans son costume de diable. Il est habillé en noir des pieds à la tête et je payerais cher pour qu'il déboutonne sa chemise. Putain, je crois que je suis devenue une vraie chaudasse depuis qu'il m'a défloré. Lui aussi me regarde, un verre à la main, tandis que je danse avec Liris. Je ne compte pas boire ce soir, puisque j'ai menti à mon homme en lui disant que j'avais mangé quelque chose. En réalité, ça fait déjà deux jours complets que je n'ai rien avalé du tout. Hier midi avant que nous allions acheter nos déguisements, je recrachais la nourriture que je mangeais dans ma serviette pour ne pas avoir à avaler ça. Alors, si je bois ne serait-ce qu'un verre d'alcool, ça va tout de suite peser sur mon estomac vide et me bourrer en un rien de temps. Or, je préfère rester lucide ce soir puisque... j'ai une petite idée derrière la tête quant à ce qu'Elías et moi allons faire durant la soirée...

- J'suis pas en manque mais putain, je te baiserais bien devant toute la foule avec le corps que t'as ! s'exclame un mec que je ne connais pas en se rapprochant de moi, me sortant de mes pensées.
- J'suis pas devin mais putain, je sais que tu vas y passer dans deux secondes si tu ne te casses pas de suite !
- Allez beauté, ne fais pas la pru...
- Il y a un souci ? demande Elías, arrivé tellement vite que je ne l'avais même pas vu quitter sa place.
- Oui, il veut me baiser devant toute la foule, je lance avec un sourire.

Elías se tourne vers le type.

- C'est vrai, la pute te plaît ? Combien est-ce que tu es prêt à mettre ?

Un sourire vient illuminer le visage du type tandis que j'échange un regard avec mon homme. Tiens, il se sent l'esprit joueur ce soir ?

- Tu veux un avant-goût de la marchandise mon chou ? je fais en posant ma main sur la bosse du type qui se dessine sous son pantalon.

Je n'ai même pas le temps d'apercevoir sa réaction puisque c'est limite si Elías ne me tord pas la main pour m'éloigner de lui.

*Tu cherches, tu trouves, mon mignon.*

Et hop, voilà que le type se prend une balle dans la tête. Puis, Elías se tourne vers moi et je comprends que je vais en prendre pour mon grade. Il s'approche de moi, m'attrape par le bras et m'emmène à l'écart dans une chambre, sans doute là où les prostituées emmènent leurs clients. La chambre est entièrement violette, c'est très beau.

- Je peux savoir à quoi tu joues ?? fait-il en refermant la porte derrière nous.

Je croise les bras sur ma poitrine.

- Tu m'as traité de pute.
- Et tu m'as donné raison !

Ma main part s'écraser sur sa joue. Puis, il me fusille du regard. Je sens qu'il a envie de me frapper en retour, ce qui serait totalement logique, mais pour une raison que j'ignore il ne fait rien de ça.

- Tu vas finir par me rendre dingue, dit-il en se rapprochant de moi.
- Spoiler alerte mon chou, tu l'es déjà.
- Ne m'appelle pas comme tu as appelé ce type que tu as touché à l'instant, fait-il en se rapprochant encore.

Un sourire provocateur se dessine sur mes lèvres.

- Comme tu voudras... mon chou.

Et c'est là qu'il me plaque contre le mur, et qu'il réveille une tension entre mes cuisses. Nos deux visages ne sont plus qu'à quelques centimètres l'un de l'autre, et je sens qu'il a autant envie de moi que j'ai envie de lui. Alors, sans perdre une seconde de plus, je plaque mes lèvres aux siennes et ses mains se posent sur mon corps. Il me dirige vers le lit et m'allonge dessus en retirant sa chemise, puis vient se mettre au-dessus de moi pour m'embrasser à nouveau en faisant se rejoindre nos langues, tout en caressant ma poitrine de l'autre. Je sens tout une nuée de frissons d'excitation parcourir mon corps, et je ne peux empêcher un râle de plaisir de m'échapper.

Mais soudain, un léger mal de tête me prend. Merde, ce n'est pas vraiment le bon moment.

Pour me changer les idées, je le fais basculer et me retrouve les jambes écartées au-dessus de lui. Là, je recommence à l'embrasser mais le mal de tête revient. Je secoue légèrement la tête et commence à retirer ma robe. Je suis bien trop excitée pour perdre notre temps à faire des préliminaires ou quoique ce soit du genre, alors je le lui fais comprendre en retirant son pantalon et son boxer et en plaçant sa queue à l'entrée de mon intimité.

- Ça me plaît quand t'es comme ça, dit-il.

Un sourire naît sur mes lèvres et il entre d'un coup en moi. J'entrouvre la bouche et commence à onduler des hanches sur lui pour le faire entrer plus ou moins profond en moi. Mais avec ce petit côté « roi » qu'il se donne, il ne peut s'empêcher de prendre les choses en mains et de mettre les siennes sur mes fesses en se redressant pour pouvoir contrôler le mouvement de mes va-et-vient. Et évidemment, il décide d'accélérer la cadence. Je sens ma respiration s'accélérer tandis que la tension augmente et que je le sens de plus en plus rapidement en moi. Mais ce fichu mal de tête revient, et cette fois-ci, je ne me sens vraiment pas bien.

Je tente de l'ignorer un maximum et continue de savourer chaque centimètre de son sexe mais soudain, je vois des points noirs apparaître dans mon champ de vision. Puis petit à petit, ces points noirs deviennent une seule et même tâche qui m'aveugle de plus en plus. Et soudainement, je perds connaissance et m'évanouie.

**

Lorsque je me réveille, une douleur lancinante me prend à la tête. Je m'aperçois que je ne suis plus en boîte, mais dans ma chambre au manoir. Je tente de me relever mais une menotte et une perfusion sur l'un de mes bras me stoppent immédiatement. Qu'est-ce que c'est que ça ?

- Madame Mulligan ? Je suis le médecin de famille. Vous vous êtes évanouie à cause d'un cruel état de famine de la part de votre organisme.

Je regarde la perfusion.

- Qu'est-ce que c'est ?
- Et bien cette perfusion vous apporte des nutriments ainsi que des glucides et...
- Non ! je fais en tentant de l'enlever. Je ne veux surtout pas qu'on mette de la graisse dans mon sang retirez-moi ç...
- Silence, fait une voix en entrant dans la pièce.

C'est Elías.

- Laissez-nous.

Le médecin acquiesce et s'en va, me laissant seule avec mon époux qui semble furieux.

- Depuis combien de jours est-ce que tu n'as pas avalé un vrai repas ? demande-t-il froidement.
- Je... je ne sais pas, je mens.
- Réponds-moi.

Comme un silence s'installe, il réitère son ordre.

- Réponds-moi !
- Ça fait deux jours, je lance en levant les yeux au ciel.
- Tu veux mourir ou quoi ?

Il s'approche de moi et pose sur le lit une assiette contenant une grosse part de gâteau qui me semble être au chocolat, ainsi qu'une cuillère.

- Mange ça.

Je lève le regard vers lui.

- Quoi ??
- Je ne me répèterai pas. Mange ça.

Sans le contrôler, je sens des larmes me monter aux joues.

- Non, tu ne peux pas me forcer à faire ça... tu imagines le nombre de graisses que contient une seule part ??
- Mais putain je n'en ai rien à foutre de ça Eeva merde ! Tu t'es évanouie pendant qu'on était en train de coucher ensemble tellement tu refuses de te nourrir et donner à ton corps les aliments dont il a besoin ! Je ne te détacherai pas de ce lit tant que tu ne l'auras pas fini.

Et cette fois-ci, des larmes viennent rouler le long de mes joues.

- S'il te plaît Elías... je l'implore d'un ton suppliant.
- Mange.

Alors, je me tourne vers l'assiette et un haut-le-cœur me prend. Je secoue frénétiquement la tête.

- Je vais... je vais grossir...

Et soudain, j'ai comme un flashback.

- Ne mange pas ! hurle mon père. Il ne t'aimera pas et refusera de t'épouser si tu es trop grosse. Lui, il a des critères plus élevés.

Je secoue à nouveau la tête pour chasser ses paroles de ma tête. Malgré tout, elles m'obsèdent.

- Non... je ne serai plus dans tes standards si je mange et...

Il s'approche rapidement de moi, et sans que je ne le vois venir, il prend un bout du gâteau dans ses mains et le met dans ma bouche. Le recrachant et l'avalant à moitié, un autre haut-le-cœur me prend et je me mets à vomir le peu qu'il restait encore dans mon estomac. Elías secoue la tête. Il ne comprend pas. Je ne comprends pas non plus.

- Pourquoi est-ce que c'est si compliqué de te faire bouffer ! s'exclame-t-il avant de quitter la pièce.

Et des larmes viennent inonder mes joues. Plus je regarde cette part de gâteau et plus je sens la bile remonter dans ma gorge. Je n'y arrive pas, c'est trop compliqué. Mon vomi commence à se répandre sur le lit et comme je suis menottée, je ne peux pas bouger.

- Elías ! je l'appelle.

Mais je n'ai aucune réponse. Alors, je regarde la sonde implantée dans mon bras. Je songe à la retirer, mais ça énerverait beaucoup trop Elías, et je ne veux pas l'énerver.

Je me contente donc de l'appeler encore et encore, jusqu'à ce qu'il finisse par revenir quelques minutes plus tard, une salade de fruits dans les mains.

- Ça, c'est quelque chose de saint. Essaye d'en manger un peu, dit-il en s'asseyant en face de moi sur le lit, loin de mon vomi.
- Détache-moi.

Seulement si tu me promets de manger.

- Je...

Je jette un coup d'œil aux fruits. Ils ne me dégoûtent pas autant que la part de gâteau et j'apprécie son geste.

- Ok...

Il sort alors les clés de sa poche et me libère. Je me masse le poignet et il me tend une cuillère, dont je m'empare. Je prends deux morceaux, un de poire et l'autre de pêche, et les dirige vers ma bouche en tremblant. Juste avant que la cuillère ne se pose sur mes lèvres, j'ai un mouvement d'arrêt. Alors, je ferme les yeux, inspire puis expire un grand coup, et les rouvre. Puis, je porte la cuillère à ma bouche et dépose les aliments dans celle-ci. Ensuite, je commence à mâcher lentement. Je n'ai pas de remontés pour le moment, ce qui est plutôt positif. Malgré tout, j'ai l'impression de manger trois parts de pizza en une bouchée.

- Alors, ça passe ? demande Elías.

Je hoche légèrement la tête.

- Ça le fait, mais... je ne pourrai pas la finir, je le sens.
- Mange ce que tu peux pour le moment.

Je hoche à nouveau la tête et apporte une deuxième cuillère à mes lèvres. Cette fois-ci, je parviens à en déposer le contenu dans ma bouche plus rapidement. Je mâche et un haut-le-cœur me prend à nouveau, mais je mâche quand même. Je sais que je peux le faire.

Et ensuite, j'enchaîne deux autres cuillères. Mais après ça, je me sens pleine, comme si j'avais trop mangé. Au moins, Elías ne me force pas à en manger plus et appelle un de ses hommes pour nettoyer ce que j'ai ressorti de mon estomac. Lorsque c'est fait, lui et moi nous couchons, puisque nous sommes en plein milieu de la nuit et que nous sommes épuisés. J'espère sincèrement que la journée de demain sera meilleure...

# *Chapitre 13*

**Elías**

Ça fait déjà deux jours que j'ai forcé Eeva à manger, et deux jours qu'elle s'est éloignée de moi. Je pense qu'elle ne me fait pas confiance. En attendant, elle a recommencé à manger et en plus, le détective privé que j'ai engagé pour remonter le fil de son passé a trouvé une piste.

Il m'a donné les coordonnés d'un homme avec qui Eeva aurait été vu plusieurs fois avant notre mariage. A moins qu'elle ne m'ait explicitement caché ce détail, elle n'a jamais mentionné un quelconque homme dans sa vie, que ça soit un ex ou même un ami.

Et intérieurement, je préfère penser que ce n'est qu'un ami.

Alors me voilà en route chez cet homme, bien déterminé à obtenir des réponses. J'arrive à peine dix minutes après avoir démarré. Je marche donc jusqu'à l'entrée de la grande bâtisse et toque. Un septuagénaire vient m'ouvrir, mais il ne ressemble absolument pas à l'homme aperçu avec Eeva, puisqu'il est censé avoir « pas plus de 25 ans ».

- Monsieur Mulligan, fait celui-ci en me présentant sa main, que je serre. Que puis-je faire pour vous ?

Déjà, s'il sait qui je suis, c'est qu'il a un rôle dans la mafia. En revanche, je ne connais pas tout le monde qui travail pour moi.

- Je pensais tomber sur un homme de mon âge, je lance.

Le vieux fronce immédiatement les sourcils, et s'éloigne de moi.

- Vous ne devriez pas être ici. Je suis trop vieux, je ne veux pas avoir d'ennuis.
- Pourquoi dites-vous ça ?
- Je... je ne veux plus de conflits sous mon toit. Allez, partez avant qu'il ne soit trop

tard pour vous.

Un faux rire m'échappe.

- Trop tard pour moi ? Savez-vous précisément qui je suis, au juste ??
- Oui, mais je parie que vous ne savez pas qui est cet homme que vous cherchez...
- Non, et c'est pour ça que je suis venu ici : obtenir des réponses.
- Non... fait le vieux en reculant.

Alors il ne me laisse pas le choix. Je sors mon arme et le menace avec.

- Parlez, et vite.

Mais ce qu'il se passe après, j'étais loin de m'y attendre.

- Je ne veux plus de conflits autour de moi... lance-t-il en sortant son arme de sa ceinture.

Et juste sous mes yeux, il se tire une balle en pleine tête. Alors là, je ne l'avais pas vu venir celle-là. Tandis que son corps s'écrase au sol et qu'une flaque de sang commence à prendre forme sous sa tête, je m'éloigne de l'entrée de la maison. Je n'aurais pas de réponse aujourd'hui. Par contre, plusieurs autres interrogations se sont ajoutées à la liste...

Sur le trajet du retour, je commence à être agacé. Je ne comprends pas ce qu'il a pu se passer pour que ce type qui semble avoir un rôle dans la mafia se tire une balle. J'ai envie de décompresser, et pour ça, rien de mieux que de baiser. Et pourtant, je ne peux même pas le faire. Il est hors de question que je touche Eeva dans la semaine à venir, le temps qu'elle reprenne des forces, et je suis plutôt du genre fidèle. Je ne veux pas qu'elle aille voir ailleurs, alors moi-même je n'irai pas voir ailleurs.

Lorsque je rentre au manoir, j'ai la mauvaise surprise de reconnaître la voix d'Ossian. Et en plus il parle avec Eeva. Je décide d'écouter ce qu'ils se racontent quelques secondes.

- Tu sais, on en voit peu des femmes aussi ravissantes que toi... dit-il.
- Évite de me toucher le bras si tu ne veux pas que je te torde la main, dit-elle.

Un rire échappe à mon enfoiré de cousin éloigné tandis que ma mâchoire se contracte. Comment est-ce qu'il peut oser toucher ma femme ?? Je sors de ma cachette et me pose juste devant eux, les bras croisés sur le torse.

- Ça va, je ne te dérange pas trop !?
- Non, absolument pas. Cette femme aurait dû me revenir.
- Je rêve où il parle de moi comme si j'étais un meuble ?
- Ne t'avise plus de venir chez moi à l'improviste et encore moins si je n'y suis pas, je lance froidement en direction d'Ossian.

Il lève innocemment les mains.

- Pourquoi ? Tu as peur qu'Eeva craque et qu'elle me supplie de la baiser dans ton dos ?

Et là, elle le claque. Elle le claque si fort qu'il recule de quelques pas.

- Dégage d'ici, dit-elle en croisant ses bras sur sa poitrine.

Ossian échappe à nouveau un rire.

- Comme tu veux, beauté, mais on se reverra.

Et sur ces mots, il quitte le manoir. Tant mieux, il ne manquera à personne.

- Je le déteste, dit Eeva en décroisant ses bras.
- Je ne l'aime pas non plus.

Un petit silence s'installe, puis elle reprend la parole, hésitante.

- J'ai faim. Est-ce que tu penses que ça serait possible de... d'aller manger au restaurant ?

Je hausse les sourcils. C'est un grand pas pour elle, qui ne mange pas plus que l'équivalent de deux carottes par repas.

- D'accord. Mais avant, ça te dit de corser quelque peu les choses, histoire de s'amuser ?

Elle fronce les sourcils.

- De quoi est-ce que tu parles ?

Je quitte la pièce pour monter jusqu'à mon bureau. Une fois dans celui-ci, je m'empare de quelque chose et redescend.

- Qu'est-ce que c'est ? demande-t-elle en apercevant ce que je tiens dans ma main.

Je me rapproche d'elle et lui montre de quoi il s'agit. C'est un sex-toy télécommandé. Elle hausse les sourcils.

- Grace à cette manette, je fais en lui montrant ce que je tenais dans mon autre main, tu peux le contrôler. Et ça m'excitera pas mal de savoir que tu as ça entre les jambes.

Un sourire ravi se dessine sur ses lèvres.

- Pourquoi pas, finit-elle par dire.

Très bien, tout fonctionne comme sur des roulettes. Ce qu'elle ne sait pas et que je ne compte pas lui révéler tout de suite, c'est que ce jouet possède deux télécommandes, et que je suis en possession de la deuxième. Moi aussi, je vais m'amuser avec elle pendant que nous serons au restaurant.


**Eeva**

Lorsque nous nous asseyons à table, je ressens un gros trac. Aujourd'hui, j'ai envie de tenter de manger un vrai repas. Enfin, je me doute que je ne le finirai pas, mais j'ai tout de même envie de manger plus que d'habitude. Même si j'en veux à Elías de m'avoir forcé à manger il y a deux jours, au moins il m'a très bien fait comprendre que mon physique ne lui importe pas beaucoup, et qu'il ne me trouve pas trop grosse à ses yeux.

Nous venons de commander, et nous avons tous les deux pris des pâtes à la carbonara, ce qui était sa décision plus que la mienne, mais j'ai quand même accepté. Histoire de me détendre un peu, je sors la télécommande du sex-toy qui est désormais placé entre mes jambes, et l'actionne. Il commence à vibrer à faible allure contre moi et je ne peux m'empêcher de serrer les jambes, ce qu'Elías remarque.

- Tu as déjà commencé ? m'interroge-t-il. Chaudasse.
- Dit celui qui m'a littéralement proposé de faire ça. Pervers.

Le serveur arrive à ce moment-là avec nos plats et, gênée, je tente de garder une apparence neutre.

- Bonjour, les pâtes à la carbonara pour monsieur et madame, fait-il en nous tendant une assiette chacun.

Mais au moment où je m'apprête à prendre la mienne, les vibrations accélèrent d'un coup, si bien qu'un petit cri m'échappe. Le serveur me regarde avec incompréhension tandis que je m'excuse, morte de honte. Je m'empare vite de ma serviette et me cache derrière après avoir pris le plat.

Une fois qu'il est reparti, je baisse la serviette et fusille Elías du regard.

- C'est toi, qui a fait ça ??
- Je ne vois pas de quoi tu parles, fait-il en trimbalant une petite télécommande entre ses doigts, ressemblant exactement à celle qu'il m'a passé tout à l'heure.
- Connard ! je m'exclame, tandis qu'il commence à se foutre de moi.

Puis, il accélère encore plus les vibrations, me faisant échapper un nouveau cri.

- Non, Elías, ce n'est pas marrant, je fais en tentant de lui arracher la télécommande des mains.

Puisqu'il est en face de moi, je me lève par-dessus la table pour essayer de m'emparer de cette foutue télécommande. Il s'amuse à accélérer encore plus les vibrations et je dois avouer que ça commence à pas mal m'exciter, mais ici n'est pas le lieu, bien que le faire dans un endroit public doit être plutôt intéressant.

Dans une veine tentative et tandis qu'il se fout de ma gueule, je me penche encore plus par-dessus la table, mais ce qui devait arriver arriva et elle bascule, moi dessus, tombant dans les plats de pâtes. La table se renverse tandis que je tombe sur Elías dans un vacarme monumental.

Soudain, un grand blanc se forme dans tout le restaurant. Puis, j'échange un regard avec mon époux et nous explosons tous les deux de rire. Je ne parviens pas à m'arrêter. Nous sommes couverts de crème fraîche et de pâtes, dans une position plutôt compromettante puisque je suis littéralement tombée sur lui. Nous rions jusqu'à ne plus en avoir de souffle, jusqu'à ce que le serveur arrive et nous demande de partir. Elías pourrait facilement lc tuer, mais au fond il n'a aucune raison de le faire. C'est vrai que nous avons causé pas mal de torts et de dégâts.

Lorsque nous sortons du restaurant, j'ai le réflexe d'accrocher ma main à son bras, et ce contact semble d'abord l'étonner, mais il ne dit rien.

- Bon, on n'aura pas mangé du coup, je lance tandis que nous nous installons dans la Ferrari bleu nuit.
- On mangera au manoir. C'était une bonne initiative de ta part de vouloir aller au restaurant.
- Oui, seulement c'est dommage que nous ne soyons pas sortables.
- Mmh, pas faux...

Nous roulons dans le silence alors je décide d'allumer la radio. « *Filthy* » d'Ayron Jones retentit et Elías me lance un regard amusé.

- T'écoutes ça, toi ?
- Bien sûr, j'adore la musique de ce genre.

Il s'apprête à répliquer lorsque son téléphone vibre, signe qu'il reçoit un message. Il décroche et comme il est connecté au Bluetooth, l'appel sort par les enceintes de la voiture.

- Elías, t'es dispo ce soir ?

Je reconnais la voix de Valtteri.

- Ouais pourquoi ?
- Carita veut organiser une réception pour parler de quelques points importants pour informer les nouveaux qui ont rejoint les gangs et la mafia. Ce n'est rien d'important te concernant, mais elle voudrait que tu sois là. Elle aura lieu dans son manoir.
- Ouais, ça devrait le faire. Mais pourquoi est-ce que c'est toi qui m'en informes et pas Liris ?
- Bah... je suis avec Liris.

Je vois mon mari hausser les sourcils.

- Et... vous jouez aux cartes tous les deux ?
- Ne dis pas n'importe quoi, elle me repoussera jusqu'à nos morts respectives, je pense. Elle avait besoin d'aide pour déplacer des meubles dans sa chambre.

Un rire m'échappe et Elías m'interroge du regard. Je secoue la tête tandis qu'il raccroche avec son ami.

- Pourquoi est-ce que tu as ris ? demande-t-il lorsque l'appel est coupé.
- Vous êtes peut-être à la tête de la mafia finlandaise, n'empêche, vous restez des hommes ! Bêtes et aveugles.
- Et si tu expliquais pourquoi tant d'insultes envers mon sexe avant que je ne te balance sur le bord de la route ?
- Premièrement, si tu fais ça je t'arrache la peau du visage pour m'en faire un masque d'Halloween.

Il lève les yeux au ciel.

- Deuxièmement, ça se voit gros comme une maison qu'elle cherche son contact ! Non mais on parle bien de Liris, ta cousine ! Si elle avait réellement besoin d'aide pour déplacer ses meubles, elle demanderait à un des hommes de main de sa mère, elle ne ferait pas déplacer Valtteri pour rien.
- Alors... tu penses qu'elle craque pour lui ?
- Oh, j'en suis persuadée. Mais garde-ça pour toi, c'est marrant de les voir se tourner autour.

Il hoche la tête.

- Et sinon, tu te sens prête à sortir ce soir ? demande-t-il plus sérieusement.

Je baisse les yeux.

- Oui, je ne veux pas être un boulet. Par contre, je n'irai pas là-bas apprêtée et maquillée comme jamais, je n'en ai pas la force.

Il hoche la tête. Je suis contente qu'il comprenne...

# Chapitre 14

Le soir, habillée d'un jean noir taille basse et d'un sweat bien large et confortable couleur pourpre, je m'attache les cheveux en queue-de-cheval basse et pars rejoindre Elías dans la limousine qui va nous emmener à la réception de Carita. Puisqu'il est le chef, c'est son devoir d'être là, même s'il ne servira pas vraiment à grand-chose.

- Il y aura du monde ? je le questionne tandis que la voiture démarre.
- Je ne sais pas. On sera une centaine tout au plus.
- Ce qui est déjà beaucoup.

Je tourne la tête vers la vitre pour regarder le paysage défiler et soudain, une interrogation me traverse l'esprit.

- Dis, tu penses que ton père apprécierait sa belle-fille s'il était encore en vie ?
- Tu demandes si mon père t'aurait apprécié ?
- Oui, Valtteri n'est pas sa belle-fille à ce que je sache, à moins que tu m'aies caché des choses.

Un sourire naît sur son visage tandis qu'il commence à me répondre.

- Tu n'es pas pleurnicharde et tu ne fais pas de scènes pour rien, alors je suppose qu'il ne t'aurait pas tué immédiatement.
- C'est très rassurant.
- C'est aussi ce que je me disais.

Le silence revient et reste jusqu'à ce que nous arrivions chez Carita.

Une fois que nous y sommes, je suis rassurée de voir que personne ne s'est mis sur son 31. Je n'aurais pas beaucoup aimé faire tache dans ce décor.

Nous sortons et nous dirigeons vers l'intérieur, où nous retrouvons ma belle-mère ainsi que Carita et Nina.

- Bonsoir, je les salue.

Elles nous saluent en retour tandis que Valtteri et Liris s'approchent de nous.

- Salut ! s'exclame cette dernière.

Je m'apprête à lui faire la bise, mais elle m'attrape dans ses bras en disant :

- Oh, on se connaît bien maintenant, pas la peine de passer par quatre chemins.

Je la laisse m'étreindre avec un sourire puis m'éloigne d'elle.

- Vous avez vu cette enflure d'Ossian, là-bas ? demande-t-elle ensuite. Il vient seulement pour gâcher la soirée, cet âne.
- Bon, on va vous laisser, fait la mère d'Elías en prenant Nina par le bras.
- Ah pas moi, je veux des potins ! s'exclame Carita.
- Non mais t'as quel âge ? fait Neala en la prenant elle aussi par le bras avant de nous laisser entre jeunes.

Juste après, Ossian nous rejoint. Il lance un coup d'œil à Liris avant de reporter son regard sur moi.

- Même en sweat tu es ravissante, très chère Eeva.
- Et toi le rouge de ma gifle te va à merveille, je t'en mettrai plus souvent à l'avenir.

Elías se moque de son cousin éloigné, tandis que ce dernier fait demi-tour. Il ne sera venu que pour nous montrer qu'il est et sera tout le temps là. Ça fait quelque peu peur, en fin de compte.

- Elíaaaaas, retentit soudain une voix au loin.

Nous nous tournons tous vers la provenance de cette voix et c'est avec mépris que je découvre Mattia, affublée d'une robe rouge très décolletée et surtout très moulante. Elle a fait exprès de s'habiller comme ça pour ressortir du lot. Aucune femme présente autre qu'elle a mis une robe ce soir. Je bouillonne intérieurement. Elle veut qu'il la regarde.

- Salut Mattia, fait-il.
- Comment ça va ? fait-elle d'une voix langoureuse, avant de me jeter un regard plein de dédain. Eeva, me salue-t-elle froidement.
- Pimbêche vénale, je la salue en retour.

Elle me fusille du regard mais se tourne vite vers Elías et passe ses bras autour de son cou. Ce qui me fout en rogne, c'est qu'il ne la repousse pas.

Une idée germe dans ma tête et je m'empare immédiatement de mon téléphone, puis m'éloigne d'eux. Les femmes de la mafia ne sont pas nombreuses, et elles se font toutes livrer leurs robes par un styliste privé. Il ne pose jamais de questions et se contente de créer des merveilles. Il me répond à la deuxième sonnerie.

- Bonsoir, Eeva, en quoi puis-je vous aider ?
- Mattia, vous voyez de qui il s'agit ?

- Bien sûr, elle est venue chercher une robe il y a un quart d'heure.

La garce.

- Je veux la même.
- Pardon ? Je ne suis pas sûr de comp...
- Je veux exactement la même robe qu'elle.
- Mmh, d'accord...

Quand je disais qu'il ne pose jamais de questions.

- Voulez-vous que je vous la fasse livrer quelque part ?
- Oui, chez Carita Mulligan.
- D'accord, très bien. Je serai là d'ici une vingtaine de minutes.
- Super, merci.

Et je raccroche. Cette fille va avoir une sacrée surprise quand je vais lui faire concurrence en arrivant avec la même robe qu'elle. Je vais sans doute passer pour une gamine jalouse et immature, mais je m'en fiche pas mal. Je refuse qu'une idiote comme elle se permette de tourner autour de mon mari en pensant qu'il n'y aura pas de représailles.

Je m'apprête à aller les retrouver, lorsque Liris me trouve avant.

- Ah, tu es là ! Tu es partie bien vite après l'arrivée de Mattia.
- Ouais, je ne l'aime pas.
- Et c'est compréhensible. Elle est à deux doigts de faire couler son rouge à lèvres mal étalé tant elle bave devant lui.

Un rire m'échappe, avant de la questionner.

- Et sinon... j'ai cru voir qu'Ossian te regardait avec insistance tout à l'heure, non ?
- Il est comme ça, c'est dans sa personnalité. Et dois-je te rappeler que même s'ils sont lointains, nous avons des liens de sang ? répond-elle.
- Oui, ce n'est pas faux. Et alors, comme ça Valtteri t'aide à déplacer tes meubles ?
- Comment est-ce que tu sais ça ?? demande-t-elle.
- Je sais beaucoup de choses... bon, en fait Valtteri a prévenu Elías qu'il y aurait une réception chez ta mère ce soir et il a dit qu'il t'aidait à déplacer des meubles.

Un sourire se dessine sur son visage.

- Et tu as compris.
- Bien sûr que j'ai compris. Je n'ai pas une grande expérience dans ce domaine, mais je sais bien qu'on ne demande pas à un ami de venir nous aider à déplacer des meubles quand on a des centaines d'hommes de main sous le coude.

Un rire lui échappe.

- Et oui, commence-t-elle. Moi qui pensais ne jamais céder à ses avances, je dois bien avouer qu'il commence bel et bien à me plaire...

Trente minutes et cinq coupes de champagne en plus dans le sang plus tard, le styliste m'annonce que la robe est arrivée. Alors, je me dépêche d'aller la chercher et envoie un message au styliste pour le remercier mille fois d'avoir pu me livrer la robe dans la soirée. Ensuite, je me dirige vers les toilettes.

Mais juste avant que je ne les atteigne, je croise Elías et Mattia, assis sur un canapé en train de discuter. Mattia me lance un sourire hypocrite tandis qu'Elías me lance seulement une œillade.

- Mais quel beau couple. On dirait presque que c'est elle, ta femme, je lui lance en le fusillant du regard.
- T'es jalouse ?
- Moi, jalouse ?

*Absolument.*

Malgré tout, je laisse échapper un faux rire.

- Elías est un homme très demandé *mia cara*[1], dit Mattia en posant une main sur son épaule.
- Tu veux que je te transperce la deuxième main avec une fourchette *mia cara* ?

Je ne sais absolument pas ce que ça signifie mais la connaissant, c'est sans doute un truc de pouffe. En attendant, ma petite remarque obtient l'effet escompté puisque son sourire s'affaisse immédiatement. Contente, je lui envoie un faux sourire et reprends la direction des toilettes.

Elías ne me calcule pas et n'a d'yeux que pour Mattia ? Très bien. Si lui ne souhaite pas me regarder, d'autres le feront à sa place. Face au miroir, je verrouille la porte des toilettes et enfile la robe rouge très décolletée et surtout très moulante. C'est exactement la même que celle que Mattia porte. Un petit sourire satisfait vient prendre place sur mes lèvres. Je sais que ce que je fais est mal et que ça me rabaisse à son niveau, mais si c'est seulement comme ça que je peux réellement les atteindre elle et mon mari, alors je suis prête à le faire.

Je détache mes cheveux et passe un rouge à lèvre pourpre sur mes lèvres, puis range mon sweat et mon jean dans mon sac. Je me jette un dernier coup d'œil, inspire un grand coup, et pousse la porte des toilettes après l'avoir déverrouillé.

Immédiatement, plusieurs regards se tournent vers moi. Pas le moins du monde gênée, je marche jusqu'au canapé sur lequel Elías et Bimbo sont assis. Lorsqu'ils m'aperçoivent, leurs réactions sont très différentes : Mattia entrouvre la bouche, choquée, et Elías me regarde de haut en bas avec un petit sourire sur le visage.

- Au final je me sentais mieux, alors j'ai décidé de me mettre en robe, je lance.
- T'es canon, remarque Elías.

1 = ma chérie

86

Mattia se tourne vers lui, un air choqué sur le visage.

- Mais... mais... elle a osé ! Et toi tu ne lui dis rien !
- Cette robe lui va beaucoup mieux à elle qu'à toi.
- Mais... quoi ??
- Tu as des problèmes d'audition ? Elías prendra rendez-vous pour toi, ça ne sert à rien de te mettre dans un tel état, *mia cara*.

Et sur ces mots, je tourne les talons et m'éloigne d'eux. J'entends Elías se lever et me suivre, mais je suis bien décidée à l'ignorer. J'envoie deux ou trois sourires à quelques hommes qui ne me regardent pas comme un apéritif, puis m'empare d'une sixième coupe de champagne. Je m'apprête à la porter à mes lèvres quand on me l'arrache des mains.

- Je crois que tu as assez bu pour ce soir, fait Elías en la reposant sur une table.

Je lève les yeux au ciel.

- Et qu'est-ce que tu en sais que j'ai trop bu ? Tu as passé le début de la soirée obnubilé par Mattia.
- Ouais, mais j'avoue que ton petit numéro de jalousie ne me déplaît pas.
- Ce n'était pas un...
- Ne finis pas ta phrase. Toi et moi savons pertinemment que tu sortirais un mensonge.

Je croise mes bras sur ma poitrine et le fusille du regard.

- Tu n'es qu'un...
- Mademoiselle ? fait un homme en arrivant vers moi, me coupant la parole.

Je me tourne vers lui et remarque qu'il me détaille avec une certaine voracité dans le regard, ce qui me déplaît forcément.

- Enchanté, je suis Fernando.
- Et qu'est-ce que je suis censée en avoir à foutre ?

Je ne lui laisse pas le temps de répondre et m'éloigne. J'emprunte la sortie de la salle et atterris dehors, avec les fumeurs. Je me dirige vers la seule femme présente et lui demande de me dépanner, ce qu'elle accepte volontiers. Je la remercie et tandis qu'elle allume ma cigarette, nous commençons à discuter. J'apprends rapidement qu'elle s'appelle Anja, qu'elle a deux ans de plus que moi et qu'elle a la chance d'être encore célibataire. C'est une magnifique brune aux yeux de la même couleur, et ça lui donne un côté femme fatale admirable.

- Et c'est donc toi, la belle-fille de Bhaltair Mulligan.
- Oui, on m'en parle tellement souvent que j'ai l'impression de le connaître.

Un rire lui échappe.

- Ma mère le connaissait, à vrai dire.
- Ah ! Et... ?

- Non, il ne l'a pas tué, ils n'ont jamais couché ensemble.
- Oh, me voilà rassurée alors. Comment s'appelle-t-elle ?
- Lyudmila.

Je hoche la tête. J'ai la vague impression de connaître ce prénom sans pour autant pouvoir mettre un visage dessus.

- Et sinon, tu n'as personne en vue ? je demande pour pouvoir relancer la conversation.

Elle hausse les épaules.

- J'apprécie beaucoup Valtteri, tu dois sûrement le connaître. Cependant, il n'a d'yeux que pour Liris, la cousine d'Elías. Ça me fout le moral en miettes.

Je lui adresse un sourire compatissant.

- Je peux me joindre à vous ? demande un homme un peu plus âgé que nous en s'approchant.
- Si vous le souhaitez, je fais en tirant une taffe.
- Alors, que pensez-vous de cette soirée ? demande-t-il en nous regardant à tour de rôle.

Mais à peine a-t-il fini sa phrase que des crissements de pneus retentissent. Une voiture surgit brusquement sur la route et un homme à travers le toit ouvrant commence à nous tirer dessus. J'ai le réflexe de me baisser, ce qui fait que l'homme qui venait de nous rejoindre se reçoit une balle en plein cœur.

Merde, mais qu'est-ce qui est en train de se passer ?!

# Chapitre 15

**Elias**

- Avez-vous goûté ces petits fours ? Ils sont excellents.

Je lève les yeux au ciel et me dirige vers le groupe d'hommes qui me semblent être les plus intéressants dans cette salle. Ils me saluent tous chaleureusement. D'ailleurs, le contraire m'aurait étonné. S'ils ne l'avaient pas fait, je leur aurais fait embrasser mes chaussures à quatre pattes.

- Alors, ce nouveau rôle de chef vous convient ? demande un type barbu à qui je donnerais la quarantaine.

Je hoche la tête.

- J'ai toujours vu ce titre comme celui qui me revenait de droit.
- Oui, quelle idée c'était que de mettre une femme au pouvoir... si Bhaltair ne l'avait pas signé sous-cheffe une heure à peine avant de mourir, ça aurait été bien différent...

Je fronçais les sourcils.

- Oh, c'est de ma tante que tu parles espèce d'imbécile.
- Ouais, j'avais oublié que vous aviez un lien de parenté avec elle. J'ai vu la ravissante Eeva ce soir d'ailleurs.

S'il commente ses formes ou même la beauté de son visage, je le tue.

- Très charmante jeune f...

Il n'a pas le temps de finir sa phrase que des coups de feu retentissent à l'extérieur. Putain, Eeva est dehors !

Je m'empare de mon arme et sans hésiter une seconde, je sors. Mais c'est déjà trop tard, la voiture avec le potentiel tireur démarre en trombe et se barre le plus rapidement possible. Je leur tire dessus mais ils sont déjà trop loin pour que je puisse les toucher. Valtteri s'approche en courant à côté de moi et nous nous dirigeons vers les trois personnes à terre. Deux femmes, dont la mienne, et un type qui me semble mort. Je relève Eeva tandis que Valtteri relève l'autre femme, et nous nous dépêchons de les faire rentrer à l'intérieur.

- Je... le mec qui est mort... c'est moi qui devais prendre cette balle... bégaie ma femme.
- Hein ??
- Je... je me suis déplacée juste avant que le type ne tire alors que la balle m'était destinée !

Je vois qu'elle commence à avoir du mal à respirer, et je comprends qu'elle va probablement faire une crise. Alors, je la prends par la main et l'emmène derrière la scène, loin des regards indiscrets.

- Eeva, ressaisis-toi.
- Je... je vois des... des points noirs...

Putain, je ne sais absolument pas comment je suis censé gérer une personne en pleine crise d'angoisse ! Mon premier réflexe serait de lui mettre une gifle, mais je m'abstiens. Je n'ai jamais frappé une femme sans une raison valable et ce n'est pas aujourd'hui que ça va commencer.

Je l'attrape donc par les épaules et commence à la secouer, mais elle ne réagit pas. Alors, je la laisse là et pars lui chercher un verre d'eau. Ça, ça peut le faire.

Je m'absente à peine vingt secondes et lorsque je reviens, elle a glissé le long du mur et a sa tête coincée entre ses genoux et ses bras. Des sanglots qui semblent incontrôlés lui échappent et je comprends alors qu'elle est en pleine crise. Je lui verse donc l'eau sur la tête, ce qui la fait immédiatement se tranquilliser. Mais sa respiration ne se calme pas pour autant. Je la vois sembler confuse, troublée et même perdue. Je m'agenouille à côté d'elle et relève sa tête à l'aide de mes mains.

- Oh, ça va aller, ok ? Tu n'as plus à avoir peur, je suis là et le tireur est parti.
- Mais... mais s'il revenait ??
- Crois-moi, s'il est un minimum intelligent, il ne reviendra pas de sitôt.

Elle me fixe sans rien dire, des larmes coulant le long de son visage et ruinant son maquillage.

- Elías... protège-moi s'il te plaît...

Et là, j'ai comme un réflexe instinctif. Je m'approche d'elle, passe mes bras derrière son dos et l'attire contre moi.

Elle ne refuse absolument pas mon étreinte, et me la rend même en me serrant de toutes ses forces.

- Je te protègerai, Eeva. Je t'en fais la promesse.

Et tandis que je sens ses larmes mouiller ma chemise, je me contente de rester immobile pour la laisser pouvoir me serrer autant de temps qu'elle en a besoin.

Je ne sais pas pourquoi je fais ça. Même si je n'ai pas spécialement envie de l'admettre, je pense que j'ai commencé à m'attacher à elle et à son foutu caractère depuis que nous nous sommes mariés. Elle est imprévisible, possède une très grande confiance en elle mais souffre de troubles qui lui pourrissent l'existence. Et je suis exactement comme elle. Dans certains cas, on dit que les opposés s'attirent. Cette fois-ci, je dirais plutôt que « qui se ressemble s'assemble ».

Lorsqu'elle s'éloigne de moi, elle essuie les larmes qui étaient encore présentes sur ses joues et m'adresse un sourire timide. C'est la première fois que je la vois aussi désorientée. Je suis le premier à me relever, et je l'encourage à faire de même en lui tendant ma main. Elle s'en empare et je la remets debout en un rien de temps.

Nous repartons ensuite vers la foule, mais juste avant que nous ne retournions au milieu des gens, elle me stoppe et me tourne vers elle.

- Merci, Elías. Je sais que les grands et dangereux mafieux comme toi n'aiment pas entendre ce genre de chose, mais tu m'as aidé ce soir. Tu m'as aidé à aller et me sentir mieux.

C'est la première fois que l'on me dit une telle chose. D'habitude, ce sont plutôt des cris et des supplications que l'on me fait, pas des remerciements. Alors, ne sachant trop comment réagir, je hoche la tête. Ça semble lui convenir, puisqu'elle se remet en route. Je la suis sans rien dire et lorsque nous rejoignons la foule, je tente de le cacher mais un petit sourire a désormais pris place sur mes lèvres.


**Eeva**

Le soir, en rentrant au manoir, je pars me faire une tisane. J'ai mal au ventre et je pense que c'est lié au stress causé par les événements qui se sont déroulés pendant la soirée.

- T'as 70 ans et tu t'appelles Vivienne maintenant ? fait Elías en m'apercevant.
- Tu devrais goûter, c'est très bon et relaxant.
- Jamais de la vie.

J'incline la tête sur le côté.

- Elías.
- Non.
- Et si je te taille une pipe ?
- Vraiment ??
- Bien sûr que non sale pervers !

91

Il hausse les épaules et s'approche de moi.

- Ça m'a pas mal amusé cette petite crise de jalousie que tu as eu envers Mattia ce soir. Tu es quand même allée jusqu'à faire livrer exactement la même robe qu'elle.
- Mmh.
- C'est marrant, tu fermes ta bouche là.

Je lève les yeux au ciel, bien que je sache que ça l'énerve.

- Tu devrais rajouter des gouttes de citron dedans, certaines personnes le font et ça a des vertus bénéfiques apparemment, fait-il en indiquant ma tisane du menton.

Je le dévisage.

- Non mais alors toi l'obsédé du citron, t'en fous dans ta bouffe si ça te chante mais pas dans la mienne.

Un rire lui échappe.

- Je préfère le foutre dans ma bouche, dit-il en s'approchant lentement de moi. Et toi Eeva, qu'est-ce que tu aimes mettre dans ta bouche ?

Un petit sourire se dessine sur mes lèvres tandis qu'il pose ses mains de part et d'autre du comptoir contre lequel je me tiens, m'emprisonnant contre son torse musclé.

- Alors ? J'attends ta réponse.
- J'adore y mettre des que... nelles, c'est très appétissant.
- Ah ouais ? fait-il en rapprochant son visage du mien.

Je hoche la tête en regardant ses lèvres.

- Ce qui tombe bien, c'est que j'ai toujours préféré les raccourcis, dit-il.
- Les... ?

Mais j'ai à peine le temps de poursuivre ma phrase qu'il plaque ses lèvres sur les miennes brutalement. Il allonge mon dos contre le comptoir de la cuisine et se place entre mes jambes, tout en insérant sa langue dans ma bouche.

Je réponds à son baiser en agrippant sa chemise et en l'attirant encore plus près de moi. Rapidement, je sens ses doigts glisser entre mes jambes et commencer à remonter ma robe.

- Tu sais que ça m'allume que tu sois jalouse ? fait-il en passant un doigt sous mon tanga.
- Ah ouais ? Et si je te dis que c'était par pur esprit de rivalité féminine, tu me croirais ?
- Absolument pas.

Il descend dans mon cou et commence à en suçoter la peau, puis insère lentement un doigt en moi. Je profite de la situation et ferme les yeux en le laissant faire. Puis, après avoir marqué mon cou d'un suçon, il remonte sur mes lèvres et nos langues entrent à nouveau en contact. Il commence à accélérer quelque peu la cadence en moi et insère un deuxième doigt.

Je tente de me redresser pour pouvoir lui donner du plaisir à mon tour, mais il me repousse contre le comptoir, comme pour me faire comprendre que ce soir, c'est à moi qu'il veut faire du bien. Peut-être veut-il me remercier d'avoir été jalouse ? Je ne comprends pas tout, mais peu importe, la situation me convient parfaitement.

Puis d'un coup, je rouvre les yeux en échappant un cri lorsqu'il me renverse une partie de ma tisane dessus.

-   À quoi est-ce que tu joues ?? C'est chaud !

Je le vois sourire en regardant une zone bien précise de mon corps. Tiens tiens, ça m'aurait étonné... à travers le tissu désormais mouillé de la robe, on peut apercevoir mes tétons qui pointent et ça... ça semble particulièrement l'exciter.

-   Pervers.
-   Je suis sûr que tu kiffes ça.
-   Non.

Oui.

Il replonge sur mes lèvres mais cette fois-ci, il retire ses doigts de moi et commence à déboutonner son pantalon. Lorsque c'est fait, il le baisse et baisse également son boxer. Je pense que je serai toujours impressionnée par ça. La sienne est la première que j'ai vu en vrai et j'ai encore du mal à réaliser qu'il s'en sert pour une action aussi intime qu'un rapport sexuel avec moi. Il l'approche lentement de mon corps et me jette un coup d'œil. En voyant que je n'attends que ça, il place son sexe à l'extrémité de mon intimité et pousse en moi. Je crois bien que c'est la première fois que nous le faisons dans une position aussi inconfortable, mais ça reste tout de même très agréable.

Il commence à bouger un tout petit peu en moi pour que j'ai le temps de m'habituer à lui et lorsque c'est fait, il commence à faire des va-et-vient.

-   Comme je te l'ai dit le premier soir, ne fais pas dans la dentelle.

Il ne lui en faut pas plus, voilà qu'il accélère le rythme. Plus nous couchons ensemble, plus je réalise que j'ai de moins en moins de mal à m'adapter à sa taille en moi. Cette fois-ci, la douleur est pratiquement inexistante.

Nos respirations accélèrent considérablement et je l'attire à nouveau sur mes lèvres pour échanger un baiser passionné. Nos langues ne font plus qu'un et ses mouvements de bassin deviennent plus forts, plus brutaux mais aussi plus sexy. Je l'entends respirer bruyamment dans mon oreille et ça a le doux plaisir de m'exciter encore plus. Un gémissement m'échappe et je le vois sourire, fier de son effet sur mon corps.

Et tandis qu'il continue ses va-et-vient, je sens que pour lui comme pour moi, la jouissance est proche. Il accélère donc la cadence et quelques instants plus tard, nous jouissons en même temps, moi ravie et lui repu.

Et c'est à ce moment bien précis que je réalise qu'il se pourrait bien qu'Elías me plaise plus que je ne le pense...

# Chapitre 16

**Elías**

Le lendemain matin, je me réveille sur le grand canapé du salon. C'est là qu'Eeva et moi avons dormi, en plus d'avoir enchaîné un second round. Je serais bien resté au lit plus longtemps, mais j'ai un problème à régler ce matin, il est question d'un membre d'un gang allié qui serait en fait la taupe d'un cartel ennemi.

Une fois en voiture, je passe chercher Liris. Si elle devient la sous-cheffe, elle a besoin de m'assister dans toutes mes missions pour m'assurer qu'elle connaisse bien son rôle et qu'elle apprenne comment gérer telle ou telle situation.

- Tu as l'air fatigué, remarque-t-elle.
- J'ai baisé toute la nuit.

Elle grimace.

- Je ne t'ai pas demandé de me décrire ta vie d'acteur porno.

Un rire m'échappe. Puis, je me tourne vers elle et remarque qu'elle aussi, n'a pas l'air d'avoir beaucoup dormi cette nuit. Je le lui dis et instantanément, elle rougit.

- Il est possible que je n'ai pas réussi à fermer l'œil de la nuit à cause d'une chose qui s'est passée hier soir...
- Raconte-moi.
- Valtteri m'a raccompagné chez moi hier soir, et... on s'est embrassés.

Je hausse les sourcils.

- Tu n'as pas dit que tu le considérais comme un frère ?
- Euh... on est dans la mafia hein, tout peut arriver...

- Mouais, il m'a dit exactement la même chose quand je lui en ai parlé. Je lui ai aussi dit que s'il te brisait le cœur, je lui crevais les yeux.
- Tu es fou ? S'il me brise le cœur, je lui brise ses doigts un par un et le force à regarder un clébard les bouffer bien avant de te mettre au courant !

C'est ça que j'aime chez elle, elle n'a pas froid aux yeux et semble n'avoir peur de rien.

- Bon, le type que nous allons voir, qu'est-ce que tu dois lui faire précisément ?
- Précisément ? Rien. Tu sais que j'aime improviser. La seule chose obligatoire est qu'il soit mort lorsque je ressortirai de chez lui.
- Oui, ça c'est évident.

**

Lorsque je suis garé, nous sortons tous les deux de la voiture et nous nous dirigeons vers la grosse baraque de la taupe. Il a voulu jouer au plus malin en berçant Elías Mulligan, ce matin il va en payer le prix.

Je toque à la porte et il met plusieurs secondes avant de nous ouvrir. La première chose qu'il fait est de lancer un regard à ma cousine.

- Elías ? Pourquoi est-ce que tu me ramènes ta cousine ? Elle cherche un mari ? demande-t-il avec un air lubrique.

Liris s'approche de lui et lui envoie son genou entre les jambes. Puis, elle le pousse et avance dans la maison.

- Splendide ! Tu ne trouves pas ? Ça pourrait facilement devenir une résidence de vacances, tant que j'y songe.

Tandis que le type est en train de gémir de douleur à côté, j'entre à mon tour et ferme la porte à clé, tout en l'enlevant bien de la serrure pour la mettre dans ma poche.

- Alors, on fait moins le malin ! s'exclame Liris.

Je lui lance un regard d'incompréhension.

- Ça faisait un peu comme dans les films, c'était marrant, dit-elle.

Je la juge du regard tandis que j'attrape le type et l'attache sur une chaise.

- Tu sais qui je suis ?
- B... bien sûr, peine-t-il à dire.
- Très bien. Dans la mafia il n'y a qu'une seule règle mais elle est indiscutable. On ne trahit pas. Tu me trahis, tu es mort, tu le connaissais ce dicton ?

Il me regarde avec des yeux effrayés, alors je me moque de lui.

- Je m'ennuie ! lance Liris, qui s'est installée sur un canapé.
- Viens, je lui fais d'un signe de tête.

Elle se lève et se place face au type.

- Qu'est-ce qu'on fait aux traitres, Liris ?
- Alors il y a plusieurs options. On peut leur crever les yeux, ou encore leur...

Une espèce de grognement retentit et je fronce les sourcils.

- On peut aussi leur arracher la langue et...
- Attends, je fais tandis qu'un second grognement retentit.

Il y a une bête ici.

- Mais qu'est-ce qu'il y a ? Je suis concentrée, je te récite mon speech, et toi tu m'interromps !

Comme les grognements ne retentissent plus, je l'encourage à continuer. J'irai voir ce qui se trame après.

- Très bien. Toutes les options que je t'ai citées, je les trouve très bien. Cependant, poursuit-elle, il y en a une que je n'ai pas encore énumérée et qui est de loin ma préférée : le démembrement. Ma mère l'a appris par cœur quand elle pensait à tuer ton père, et elle me l'a appris quand j'étais petite.

Je hoche la tête.

- Ça me semble très bien.
- Quoi ?? fait le type attaché à la chaise.
- Oh toi ta gueule, je cause, fait ma cousine.

Un autre grognement retentit.

- Tu sais quoi ? fais-lui ce que tu veux. Je crois qu'il y a une bestiole dans la maison.
- Hein ?
- Amuse-toi, je lance en quittant la pièce.

Je traverse le couloir et tente d'entendre d'où viennent les grognements. J'ouvre une première porte, mais il n'y a absolument rien de plus qu'un lit et des chaînes. J'ouvre une seconde porte et ce n'est qu'une chambre. Je m'apprête à ouvrir une troisième porte quand un grognement retentit à nouveau. Je saisis de quelle porte il provient et m'y dirige. Quand je l'ouvre, c'est sans étonnement que je découvre un animal. Par contre, je m'attendais à un chien, un loup tout au plus, mais l'animal en question est bien plus original que je ne le pensais.

Et tandis que le type commence à crier pendant que Liris lui fait je-ne-sais-quoi, je m'approche de la bestiole, qui me semble être encore un bébé. On dirait un gros chat, mais il s'agit en fait d'une panthère noire attachée avec des chaînes, qui me semble plus effrayée qu'autre chose.

Je m'approche lentement de l'animal, qui ne doit pas être âgé de plus de quatre mois, et m'empare de sa chaîne.

- Ahhhh !

La panthère sursaute, et je fronce les sourcils.

- Liris, calme tes ardeurs tu veux !
- Oui désolée, mais l'entendre crier est si jouissif !

Je secoue la tête sans lui répondre et entraine l'animal derrière moi. A première vue, il s'agit d'une fille. Elle me suit sans broncher mais je me méfie quand même. C'est un animal sauvage et donc forcément, imprévisible.

Un peu comme moi au lit, je me dis à moi-même avec un sourire plutôt satisfait.

J'entraîne la bête jusqu'au salon, là où Liris s'occupe du traître, et celle-ci écarquille les yeux en voyant la panthère derrière moi.

- C'est quoi ça ??
- Un flamant rose. T'es conne ou quoi ?

Elle lève les yeux au ciel cette fois-ci.

- Je sais très bien de quoi il s'agit. Mais qu'est-ce que ça fout ici ?

Le type, qui a désormais le visage en sang, regarde la bête.

- Je vous la laisse si vous voulez ! Elle vient tout droit d'une jungle tropicale d'Amérique et je comptais la revendre sur le marché noir mais...
- Ta gueule ! fait ma cousine en lui plantant un couteau dans la jugulaire.

Du sang commence à s'en écouler tandis qu'il meurt petit à petit. Ma cousine grimace.

- Mince, je ne pensais pas que ça le tuerait.

Je la regarde de haut en bas.

- Tu es une sociopathe, et c'est un professionnel qui te dit ça.
- Un professionnel égocentrique et narcissique oui. Qu'est-ce que tu comptes faire de cette bête ?

Je hausse les épaules.

- Les filles aiment les chats, non ?
- Les chats, oui. Ceux de cent-cinquante voir de deux cents kilos un peu moins !
- Tout est une question de point de vue.
- Tu rêves. Eeva va te laisser à la porte si tu lui ramènes ça.
- Et qu'est-ce que je suis censé en faire ?

Elle jette un coup d'œil à la bête avant de reposer son regard sur moi.

- Tu sais quoi, fais ce que tu veux. Après tout, peut-être qu'elle a un goût plus prononcé que moi pour les animaux et qu'elle voudra la garder.

Je hoche la tête. Puis, je pense à ma bagnole.

- Je vais rentrer avec la caisse du type, occupe-toi de rentrer la mienne, je lui dis alors.
- Pourquoi ??
- Tu crois que je vais laisser un chat puissance dix poser ses griffes dans ma bagnole à cinq cent mille balles ?

Elle hausse les épaules.

- Pas faux.

Je fouille donc les poches du mec et trouve facilement les clés de sa voiture. Il s'agit d'une Mercedes plutôt banale, mais tout de même jolie. Je lance les clés de ma propre voiture à ma cousine et me glisse derrière le volant de celle du type après avoir attaché l'animal dans le coffre. J'aimerais autant ne pas me faire trancher la jugulaire ou déchirer le visage pendant que je conduis.

Lorsque j'atteins le manoir, j'envoie un message à Eeva pour lui demander de me rejoindre dans le garage. Celle-ci arrive en nuisette et avec une queue de cheval mal faite. Ça a le don de me donner envie de la baiser contre le capot.

- Qu'est-ce qu'il y a ? fait-elle en voyant que je l'attends devant le coffre.

Et là je l'ouvre et attrape la chaîne de la panthère noire. Puis, je me tourne vers ma femme.

- Elle était chez le type dont je devais m'occuper ce matin, alors j'ai décidé de la ramener.
- Mais... elle est super mignonne ! Elle a un prénom ?
- Si on suit la logique de mon père, autant l'appeler Silppuri, ça signifie « broyeuse » en finnois, et le requin de mon père s'appelle « Hiomakone », ce qui veut dire « broyeur ».

Eeva hoche la tête.

- Ça lui va bien ! Par contre... tu penses que ce genre de bête peut s'éduquer ?

Je secoue négativement la tête.

- Ça peut s'apprivoiser tout au plus.

Et je songe au fait que Bhaltair Mulligan était en quelques sortes une bête sauvage.

- Tu sais où on pourrait la placer ? me demande ma femme en s'approchant de la panthère.
- Je suppose qu'on peut lui faire construire un abri quelque part sur le terrain.
- Oui, c'est une bonne idée, mais un grand espace avec beaucoup de place !

Je hoche la tête.

- On a qu'à la mettre le long des bordures du terrain, comme ça si un ennemi s'approche, il se fait tuer.

- Ou alors ça sera elle qui se fera tuer, remarque Eeva.
- Possible aussi. Je mets tout de suite mes hommes sur le coup. En attendant, elle vient avec nous à l'intérieur.

Une fois que nous sommes dans le salon, je l'attache à un pied de table et la contemple.

- Elle est superbe, commente ma femme.
- Oui, c'est clair.

La porte sonne et elle m'interroge du regard.

- Retour sur une note moins joyeuse, Ossian et son père viennent déjeuner ici ce midi. Je garde le contact avec eux et m'empêche de les envoyer se faire foutre pour que la mafia garde des liens cordiaux entre ses membres les plus hauts placés, mais je sais qu'ils vont encore tenter de me convaincre que le poste de chef revient à Ossian et ça, ça m'insupporte au plus haut point.

Elle hoche la tête.

- Ce n'est qu'un mauvais moment à passer, dit-elle. Et puis s'ils te font trop chier, tu les envoies faire un petit tour dans le bassin de Hiomakone, ou bientôt dans celui-ci de Silppuri.

Un rire m'échappe.

- Tu n'as pas tort.

Et sur ce, je pars leur ouvrir la porte.

- Ossian, père d'Ossian, quel plaisir ! Entrez, faites comme si c'était chez vous...

J'appuie bien mes propos, histoire de leur lancer une pique sans paraître trop clair sur mes intentions.

- C'est bien aimable à toi, Elías. Et si nous nous mettions directement à table ? J'ai une faim de loup.

Père et fils s'étonnent de voir une panthère noire ici mais ne s'en formalisent pas tant que ça. C'est la mafia, après tout.

Nous nous installons donc tous les quatre autour de la table et Eeva et moi échangeons un regard. Allez, que ce maudit repas commence, ainsi plus vite il se terminera...

# Chapitre 17

- C'est toi qui a préparé le repas Eeva ? C'est excellent, dit Ossian en envoyant un sourire charmeur à ma femme.

Je serre le poing sous la table mais ne dis rien.

- Non, si je cuisinais aussi bien je pense que ça se saurait.

Il rit et à ce moment-là, Eeva se rapproche de moi et me murmure à l'oreille :

- Pas maintenant, Elías.

Mais de quoi est-ce qu'elle parle ? Je ne m'en formalise pas puisque le père d'Ossian ouvre sa bouche.

- Eeva, tu me sembles bien maigre. Elías, tu trouves ça attirant, un sac d'os ?
- Pardon ? je fais en me redressant dans ma chaise.

Je ne supporte pas qu'il insulte ma femme. Elle est malade, et ce genre de remarque ne l'aidera sûrement pas à aller mieux.

- Laisse, fait Eeva. C'est vrai que je suis plutôt maigre. Mais si j'étais vous, je ne me permettrais pas de me juger avec votre calvitie plus longue que la période de temps qu'il vous reste à vivre. Vous avez quoi, cent ans ?

Je cache mon rire dans ma serviette tandis qu'il devient rouge. De colère, et peut-être aussi un peu de honte. C'est vrai qu'il n'est plus tout jeune.

- Du calme, papa, fait Ossian en posant sa main sur l'épaule de son père.

Le vieux boit un verre d'eau et reprend peu à peu contenance, non sans fusiller Eeva du regard avant.

- Elías, je t'ai dit d'arrêter ça ! me glisse-t-elle à nouveau à l'oreille.

- Mais de quoi est-ce que tu parles ??
- Je pense que tu sais pourquoi nous sommes ici aujourd'hui, commence le père d'Ossian.

Je lance un regard à Eeva et hoche la tête. Puis, je soupire bruyamment.

- Je ne laisserai pas ma place à Ossian. Il n'a pas l'étoffe d'un chef. Il ferait n'importe quoi avec l'héritage de mon père, de ma mère et de ma tante.
- Ta mère n'était pas au pouvoir, ton père est mort et Carita... c'est une femme ! De quelle espèce d'héritage tu parles ??
- Premièrement, les femmes de la mafia l'ont géré pendant une vingtaine d'années et elle ne s'est jamais si bien portée d'après ce que j'ai pu comprendre. Deuxièmement, il me semble que Carita est de ta famille à toi aussi, alors accorde-lui un peu plus de respect. Troisièmement, ce n'est pas ton fils qui se faisait surnommer « le roi » quand il était plus petit.

Il plissa les paupières.

- Tu parles beaucoup trop, intervient Ossian. Nous savons tous les deux que je serais le plus apte à diriger la mafia. Je suis sans scrupules, comme ton père.
- Et il était schizophrène, espèce d'idiot. Il t'aurait tué juste pour avoir prétendu être comme lui.

Un duel de regard commence alors entre nous, jusqu'à ce qu'Eeva me mette un coup de coude dans les côtes.

- Mais quoi bon sang ? je fais en me tournant vers elle, tandis qu'Ossian se retourne vers son père.
- Arrête de me faire du pied sous la table, ce n'est pas le moment !

Je fronce immédiatement les sourcils.

- Comment ça « arrête de me faire du pied ? »
- T'es bouché ou tu veux que je te le dise en chinois ?
- Je ne te fais pas du pied, Eeva.

Ses yeux s'écarquillent et nous tournons en même temps notre regard vers Ossian.

- Tu fais du pied à ma femme sous la table ?? je demande en me redressant brusquement.

Le sourire triomphant qui s'installe sur ses lèvres me donne immédiatement ma réponse.

- Espèce d'enfoiré...

Je fais rapidement le tour de la table et lui envoie mon poing en pleine figure. Ce fils de pute ose la toucher alors que je suis juste à côté, en plus ! Je lui mets un deuxième coup de poing, et je sens l'une de ses dents se casser. Juste au moment où je m'apprête à lui donner un troisième coup, son père m'attrape par les coudes et me maîtrise. Puis, il attrape rapidement son fils et les fais sortir.

- Si jamais tu la touches à nouveau t'es un homme mort Ossian ! je cris tandis qu'ils passent le pas de la porte. Tu m'entends !? Mort !

Lorsque la porte claque derrière eux, Eeva s'approche de moi et sans que je m'y attende, sa main vient se glisser dans la mienne. Même si je ne suis pas habitué à être en contact avec elle lorsqu'il ne s'agit pas de sexe, je dois avouer que c'est plutôt agréable, en fin de compte. Je ressens comme une étrange sensation d'apaisement. Elle tourne alors le regard vers moi et sourit.

- T'es jaloux, dit-elle soudain.

Je lève les yeux au ciel et la lâche.

- T'es chiante, tu n'as pas intérêt à me le rabâcher en permanence.
- Non en fait je comptais faire imprimer cette magnifique phrase que tu lui as sorti juste après l'avoir cogné au sang « si jamais tu la touches à nouveau t'es un homme mort » et en faire une couverture.

Je secoue la tête et la pousse d'un coup d'épaule. En revanche, j'avais oublié qu'elle pèse moins lourd que moi et elle manque de trébucher. Par chance, je la rattrape par le bras et la retiens. Nos regards s'imbriquent l'un dans l'autre et d'un coup, nous explosons de rire.

- On serait dans une comédie romantique, on finirait mariés avec trois enfants ! s'exclame Eeva.
- Et t'oublies le golden retriever ! je lance avec sarcasme.

Remarque, nous avons nos propres animaux. Disons qu'ils sont simplement plus... originaux.

Elle s'assoit sur la table et par réflexe, je viens me placer entre ses jambes.

- Et si on était dans une comédie romantique, j'ajoute, je te porterais jusqu'à la chambre pour que nous fassions l'amour pendant des heures.

Un sourire plein d'excitation se dessine alors sur ses lèvres.

- Mais tu sais la différence entre nous et une comédie romantique ? je lui demande.
- Hormis les cadavres et les armes, je ne sais pas.
- La différence, c'est que je ne vais pas te porter jusqu'à la chambre pour que nous laissions nos deux corps s'exprimer, mais je vais directement te prendre sur cette table...

**

Après une partie de jambes en l'air qui a duré presque une heure, Eeva et moi allons promener Silppuri dans la forêt qui entoure le manoir, histoire de se dégourdir les jambes. Aucun de nous ne parle, jusqu'à ce qu'elle entame la conversation.

- Est-ce que ton père te manque des fois ?

Je prends le temps de réfléchir à la question. Elle est difficile.

- Oui et non. Non parce que je ne l'ai jamais connu et donc une personne que je n'ai jamais connue ne peut pas me manquer. Et oui parce que j'aurais aimé qu'il m'apprenne tout un tas de choses.

Elle hoche la tête.

- Moi, je n'aime pas beaucoup mon père, dit-elle.
- Ça se comprend. Il t'a fait épouser un homme que tu ne connaissais ni d'Adam ni d'Ève et qui s'avère en plus être le fils du célèbre Bhaltair Mulligan. On pense souvent que je suis atteint de schizophrénie comme lui quand on ne me connaît pas.
- Alors que tu fais « simplement » des crises psychotiques.
- Ouais, c'est ça.

Un silence s'installe, puis ce qu'il s'est passé lors du repas me revient en tête.

- Tu l'as pris comment, que le père d'Ossian te traite de sac d'os ?

Elle hausse les épaules.

- Je pourrais être contente, parce que cela signifierait qu'on ne me trouve pas trop grosse. Mais au contraire, ça me rend malade. Est-ce que tu trouves que je suis trop maigre ?

C'est clair qu'elle n'est pas très épaisse, elle a des jambes très, voir trop fines et les joues très creusées. Malgré tout, elle reste d'une beauté à couper le souffle.

- Non, je lui mens. Tu es très bien comme tu es.

Un petit sourire se dessine sur son visage.

- Merci.

Je hoche la tête. Je la vois grelotter, et c'est plutôt compréhensible : nous entrons en hiver et elle est seulement vêtue d'une robe courte. Elle me jette un coup d'œil.

- Comme on l'a dit tout à l'heure, nous ne sommes pas dans une comédie romantique, il est hors de question que tu me demandes ma veste.
- Mmh... mais j'ai froid...
- T'as qu'à te faire une écharpe avec tes longs cheveux de sorcière.

Elle hausse les sourcils.

- Tu n'as pas l'air de les trouver si « sorciers » mes cheveux quand tu les tires.

Je m'arrête et me tourne vers elle. Là, elle marque un point. Je la vois trembler de froid et, tel le gentleman que je ne suis pas, une envie de la protéger s'empare de moi. Alors, je retire ma veste et la lui tends.

- Tu es sûr ?

- Mets-la vite avant que je ne change d'avis.

Un sourire se dessine sur ses lèvres tandis qu'elle l'enfile. Puis, la panthère tire sur mon bras et manque de m'entraîner avec elle.

- Il faudra lui construire un abri bien chaud, soupire Eeva. Il fait si froid en ce moment.

Je hoche la tête.

- Liris m'a dit que tu n'aimerais probablement pas cet animal.
- Eh bien il faut croire qu'elle s'est trompée.

Le silence revient, et nous finissons la promenade en silence.

Une fois que nous sommes de retour à l'intérieur du manoir, je reçois un message de mon détective privé, celui qui enquête sur le passé d'Eeva. « Il faut que je vous vois le plus vite possible, j'ai découvert quelque chose ». Je fronce les sourcils et lui réponds de passer n'importe quand dans l'après-midi, que je suis disponible.

- T'as déjà regardé un film érotique ? me demande Eeva en s'installant à côté de moi sur le grand canapé du salon.
- Ouais. Toi je ne te pose même pas la question, je sais à quel point t'as le feu au cul.

Elle me frappe l'épaule tandis que je me fous d'elle.

- Ça te plaît bien quand je crie comme une actrice porno, lance-t-elle.
- Oui enfin ne t'estimes pas tant, tu n'es pas aussi douée qu'une actrice.
- Oh si, j'ai des talents d'actrice. Je simule super bien.

Cette fois-ci, c'est à moi de la pousser, la faisant glisser du canapé.

- Ça va, je déconne, dit-elle en se rasseyant.

Je prends le temps de la regarder et elle me semble bien. Même si elle est encore très fine, elle ne porte plus cet air vide sur le visage, dont je ne m'étais même pas rendu compte jusqu'à ce que je la vois si souriante maintenant.

Puis je réalise que j'aime bien passer du temps avec elle. Elle n'est pas comme les autres filles de son âge de la mafia, comme Mattia par exemple. Toujours à vouloir se faire regarder par les hommes en espérant qu'un riche lui paye des fringues de luxe en échange d'une bonne pipe. Eeva est drôle, elle a de l'humour et elle me tient tête, alors que certains de mes hommes sont à deux doigts de pisser dans leur froc à chaque fois que je les dévisage...

Environ une heure plus tard, ça sonne à la porte alors je vais ouvrir. C'est le détective. Je lui fais signe de me suivre et monte les escaliers pour atteindre mon bureau. Avant de parler avec Eeva de ce qu'il a découvert sur elle, je préfère avoir un coup d'avance et être préparé à ce qu'il s'apprête à me dire. Il s'assoit juste en face de moi et semble presque mal à l'aise.

- Monsieur Mulligan, je vous préviens que ce que je m'apprête à vous dire risque de vous énerver, peut-être même de vous mettre hors de vous... cependant, c'est pour trouver des informations sur la passé de votre femme que vous m'avez engagé, alors je vais simplement me contenter de faire mon job.

Je le dévisage un long moment tout en réfléchissant. Qu'est-ce qu'il a bien pu découvrir de si incriminant sur le passé d'Eeva pour sembler si nerveux ?

- Allez-y, dites-moi ce que vous avez trouvé. Je vous écoute.
- Très bien...

Il prend une inspiration et redresse la tête vers moi. Il souffle un coup et la phrase qu'il prononce juste après me fige instantanément sur place.

- Monsieur Mulligan, votre femme était en couple avec un autre homme juste avant de se marier avec vous.

# Chapitre 18

**Eeva**

Je suis en train de mettre du vernis sur mes ongles quand j'entends Elías descendre les escaliers à une vitesse fulgurante. Quand il arrive dans la même pièce que moi, le salon, je remarque qu'en plus d'être énergique, il est énervé. Sans rien dire, il balance des photos sur la table, juste sous mon nez. Je lui jette un coup d'œil en fronçant les sourcils et m'empare de l'une d'elles. J'écarquille presque immédiatement les yeux.

- C'est quoi ça ?? je demande.

Sur la photo, on peut très clairement me voir moi, en train de tenir la main d'un homme blond d'à peu près mon âge. Le truc, c'est que je ne sais absolument pas de qui il s'agit.

- Et il y a des vidéos de toi en train de l'embrasser. Je veux immédiatement savoir de qui il s'agit.
- Je n'en sais rien...
- Parle !
- Tu dois me croire ! Il fait partie du bout de mémoire que j'ai perdu juste avant de me marier avec toi !
- Menteuse !
- Va te faire foutre ! je crie en lui balançant la feuille au visage.

Je m'apprête à m'en aller mais il m'attrape par le bras et me balance sur le canapé. Effrayée, je recule le plus loin de lui possible.

- T'as intérêt à parler, Eeva, parce que sinon je te jure que...
- Tu me jures que quoi, hein ? Tu vas me défoncer la gueule ??

Il s'approche de moi sans répondre alors je me lève du canapé et pars vite dans la cuisine. Il me suit mais juste avant qu'il revienne, je m'empare d'un couteau.

- Je t'ai dit que je ne savais pas de qui il s'agissait ! C'est possible que je sois sortie avec quelqu'un avant de te rencontrer, peut-être même qu'il fait partie du traumatisme qui m'a effacé un bout de la mémoire ! Tu dois me croire ! je fais en brandissant le couteau devant moi.

Il tourne autour de l'îlot de la cuisine pour me rejoindre, mais je tourne autour moi aussi.

- Eeva, arrête de bouger, dit-il en brandissant son arme très calmement, se stoppant net.

Je m'arrête aussi. Je me fige, même.

- Qu'est-ce que tu fous là ?? Tu ne vas quand même pas me tirer dessus !
- Pose ce putain de couteau !

Je le balance loin de moi et le défie du regard en croisant mes bras sur ma poitrine. Si quoique ce soit doit m'arriver aujourd'hui, autant que ça se passe dignement. Il s'approche de moi, l'arme braquée devant lui, et lorsqu'il arrive à ma hauteur, il la baisse.

- Tu as levé ton putain de flingue dans ma direction.
- Et toi tu es sortie avec un autre mec ! sort-il soudain de ses gonds en hurlant, me faisant sursauter.

Derrière toute cette haine, j'ai comme l'impression qu'il est... jaloux. Je secoue la tête.

- Et alors ?
- Tu veux mourir ?
- Et alors ? Peut-être que je suis sortie avec un autre mec avant toi, et ALORS ??

Il expire bruyamment tout en me fusillant du regard.

- Toi, tu ne tiens vraiment pas à la vie...
- Pas plus que toi si tu oses à nouveau me menacer avec ton flingue.

Un silence s'installe, et je le brise.

- Il faudrait qu'on puisse parler de certaines choses calmement. Si on se menace mutuellement de mort à chaque fois que quelque chose nous dérange ou que l'on découvre un secret enfoui dans le passé de l'autre, ça ne va jamais aller entre nous.
- Je déteste que tu penses normal le fait d'être sortie avec un autre homme avant moi sans même m'en parler !
- Même si je ne connaissais pas ton père, à ce qu'on m'en a décrit, tu te comportes exactement comme lui, là ! Tu veux qu'il t'arrive la même chose qui lui est arrivée, hein ?

Il me fusille du regard.

- Oh non ça n'arrivera pas car à son contraire, je ne tomberai jamais amoureux de celle que j'ai dû épouser !

Et là pour le coup, je ferme ma bouche. Il me prend de court. Je ne suis pas amoureuse de lui mais... je pensais quand même qu'il y avait un petit truc entre nous avec la jalousie, la provocation et tout le reste...

Je me contente de hocher la tête et de partir. Heureusement, il ne tente pas de me retenir. Pourquoi le ferait-il ? Je monte jusqu'à notre chambre et pars m'enfermer dans la salle de bain mitoyenne. En fait, je me rends compte que ses mots m'affectent beaucoup plus qu'ils ne le devraient...

**

Deux jours plus tard, vers 21 heures, je suis en train de regarder un film et je ne sais pas où est Elías. Depuis notre altercation, nous n'avons plus parlé. Je fais la tête parce qu'il m'a vraiment parlé comme si j'étais idiote et lui me fait la tête parce que je lui ai caché que je sortais avec quelqu'un avant. C'est le comble de l'ironie, moi non plus je ne savais pas que je sortais avec quelqu'un avant ! Puisque je m'ennuie, je décide d'appeler Anja, la fille que j'ai rencontré à la dernière réception à laquelle je me suis rendue, celle où j'ai failli me faire fusiller. Lorsqu'elle décroche, je lui propose de venir passer la soirée avec moi, ce qu'elle accepte. Lorsqu'elle arrive, une trentaine de minutes plus tard, je lui ouvre.

- Salut ! s'exclame-t-elle en me prenant dans ses bras.

Je la salue et nous allons dans la cuisine pour nous préparer à manger.

- Tu sais où est Elías ? demande-t-elle.
- Non. Ça fait deux jours que lui et moi ne nous sommes pas parlés pour tout te dire.
- Oh, et pourquoi donc ?

Je soupire.

- Comment dire... avant mon mariage, j'ai dû vivre un événement traumatique, car il y a une partie de ma mémoire qui s'est effacée. Et un détective qui travail pour lui a découvert que je sortais avec quelqu'un avant de l'épouser. Moi-même, je ne sais pas qui c'est.
- C'est étrange, dit-elle en fronçant les sourcils. Il t'a montré les photos de cet homme ?

J'acquiesce.

- Mais je n'ai vu qu'une photo, qui était de loin. Et puis...

Je n'ai pas le temps de finir ma phrase qu'un bruit sourd retentit dans le jardin. Anja et moi échangeons un regard, et juste avant que nous n'ayons le temps de nous questionner sur la nature de ce bruit, une détonation retentit, puis une explosion. Les vitres du manoir volent en mille morceaux et nous nous retrouvons projetées en arrière. Je me cogne alors contre le plan de travail et m'évanouie...

# Elías

Je suis chez Liris, où naturellement, il y avait Carita puisque c'est sa mère et qu'elles habitent ensemble, mais aussi Valtteri. Ça fait deux jours qu'Eeva et moi nous sommes disputés et j'ai peut-être dit des mots qui ont dépassé ma pensée. Je lui ai dit que je ne tomberai jamais amoureux d'elle, et c'était peut-être exagéré. Je ne suis pas amoureux, certes, mais je l'apprécie quand même pas mal. On rigole des mêmes choses, on aime tous les deux la provocation et elle est tout simplement sublime.

- À quoi est-ce que tu penses ? me demande Carita, alors que Liris et Valtteri sont à l'étage en train de faire je-ne-sais-quoi.
- Tu as déjà regretté d'avoir voulu tuer Bhaltair lorsque vous étiez plus jeunes ?

Ma tante s'était entraînée toute sa jeunesse pour faire payer à son frère d'avoir voulu l'assassiner quand ils étaient enfants. Mais lorsqu'elle l'a enfin confronté, elle s'est faite renversée par une voiture. Quand elle s'est réveillée, mon père lui a proposé un arrangement qu'elle a fini par accepter en y mettant ses conditions, comme être reconnue comme sous-cheffe de la mafia. Et une heure après, ma mère a tué mon père pour se sauver la vie.

- Non. Cet enfoiré mérite ce qui lui est arrivé, c'est ce qu'on appelle le karma. J'adore Neala, mais je ne pourrai jamais avoir une pensée positive à l'égard de Bhaltair.
- Oui, c'est compréhensible.

Un petit rire m'échappe.

- Dire qu'il ne saura jamais que j'ai existé.

Un sourire se dessine sur les lèvres de Carita et elle baisse le regard.

- À vrai dire... si, il le savait.

Je fronce les sourcils.

- De quoi est-ce que tu parles ??
- Eh bien... ton père connaissait plutôt bien ta mère et il s'est rendu compte que son appétit changeait, qu'elle avait quelques nausées et qu'elle avait pris un peu de poids. Ce psychopathe a attendu qu'elle passe aux toilettes et a fait un test de grossesse dans son dos. C'est là qu'il a découvert qu'elle attendait un enfant. Lorsqu'il est venu me voir ce fameux jour à l'hôpital juste avant de mourir, il m'en a fait part, juste après m'avoir souhaité un bon retour dans la famille. Je pense que c'est pour cette raison qu'il était si incontrôlable lorsqu'il est rentré chez lui, et pas seulement parce qu'il avait vu l'un de ses associés sortir de chez lui, là où Neala était seule et avec une robe plutôt échancrée, de ce qu'elle m'a dit... il lui a ordonné de l'assassiner pour la sauver elle, mais aussi pour te sauver toi, Elías...

Là, je ne sais pas quoi dire. Moi qui ai vécu dans l'ignorance toutes ces années en pensant que mon père n'était pas au courant de mon existence, je me suis bien trompé.

- Et... ma mère est au courant de ça ?

Elle secoue négativement la tête.

- Non, et elle ne doit pas le savoir. Ça lui ferait trop mal au cœur de savoir qu'elle a privé Bhaltair de son rôle de père en l'assassinant. Il ne faut pas que tu le lui dises, d'accord ?

Je hoche la tête et c'est alors qu'un silence s'installe. Silence vite rompu par une alerte sur mon téléphone. Je m'en empare alors et me lève précipitamment en voyant de quoi il s'agit. Une explosion a eu lieu dans le jardin du manoir, détruisant une bonne partie de l'édifice.

- Je dois te laisser ! je m'exclame en me barrant vite de là.

Putain, j'espère qu'Eeva n'a pas été touchée par l'explosion ou des débris de verre !

Sur la route, je roule vite, dans l'espoir de pouvoir l'aider le plus rapidement possible si elle en a besoin. Et c'est là que je réalise que ça me ferait vraiment chier qu'il lui soit arrivée quelque chose. Il y a réellement quelqu'un qui lui veut du mal, et cette fois-ci la menace est tout prêt, ça ne peut plus durer.

Lorsque j'arrive devant le manoir ou plutôt ce qu'il en reste, je sors mon arme et vérifie qu'il n'y a personne aux alentours. Je ne pense pas que la menace soit toujours ici, espérant probablement que l'explosion ait fait ce que l'ennemi attendait : tuer. Avec deux de mes hommes sur ma gauche et sur ma droite, je pénètre l'entrée de l'édifice en ruine et baisse mon arme.

- Eeva ? je l'appelle.

Mais je n'obtiens aucune réponse.

- Eeva ! je lance, un peu plus fort.

Je n'ai toujours aucune réponse, et je commence à stresser.

- Eeva ! je cris, cette fois-ci.

J'entre dans le salon, mais il n'y a personne.

- Allez la chercher ! je lance à mes hommes, qui se dépêchent d'aller fouiller le reste du manoir.

Le canapé blanc du salon est plein de résidus de poudre, de bois et même de pierres. Putain, si elle est morte, je pète un câble.

Je m'approche de la salle de bain du bas, que l'on n'utilise quasiment pas, mais on ne sait jamais. Evidemment, il n'y a personne.

- Chef ? on m'appelle.
- Quoi ??
- Je l'ai trouvé.

La voix provenant de la cuisine, je m'y précipite. Et c'est là que je la vois, allongée sur le sol et le visage abîmé. Merde... je m'agenouille auprès d'elle et prends son pouls. Il bat encore, mais lentement. Il y a quelques jours de ça, je lui ai dit que je la protègerais et je n'ai pas tenu cette promesse. Et inévitablement, je m'en veux. Je passe alors une main derrière son dos et sous ses genoux puis la soulève.

- On va à l'hôpital, je préviens mes hommes.

Ils acquiescent et se dépêchent d'aller me chercher une voiture. Je la dépose sur la banquette arrière et me presse de l'emmener à l'hôpital le plus proche, qui appartient bien évidemment à la mafia.

Si jamais elle meurt cette nuit, je promets de retrouver celui qui lui a fait ça et de le torturer jusqu'à ce qu'il m'implore à genoux de lui mettre une balle en plein cœur.

# Chapitre 19

**Eeva**

J'ouvre difficilement les paupières et une lumière très puissante vient presque m'aveugler. Juste après, la tête d'Elías se penche au-dessus de moi.

- Merci pour la vision d'horreur, je grommelle.
- Laisse-moi la voir, fait Liris en poussant son cousin, qui manque de trébucher.

Elle me prend dans ses bras et je grimace, mais ne lui remarque pas qu'elle me fait mal, ça ne servirait à rien.

- Alors, comment est-ce que tu te sens ? demande-t-elle en s'éloignant pour me laisser respirer.
- Bien... je mens en lançant un regard à la salle.

Il n'y a qu'Elías, Liris et bien évidemment Valtteri, toujours collé à elle.

- Mes... mes parents ne sont pas venus ? je demande alors.

Un air contrarié prend place sur le visage de Liris.

- Non, ils n'ont même pas envoyé un message...

Je hoche la tête. Venant de mon père, ça ne m'étonne pas. En revanche, j'aurais bien aimé recevoir un petit mot de ma mère. Enfin bon, c'est la vie.

- Nos mères et Nina sont passées sinon, m'informe Elías.

Je le regarde et hoche à nouveau la tête. Puis, il se tourne vers sa cousine et Valtteri.

- Vous pouvez nous laisser deux minutes ?
- Bien s...
- Pourquoi ? demande Liris.

- Bien sûr on s'en va, fait Valtteri en la traînant derrière lui.

Et nous voilà désormais seuls, moi et mon mari.

- Qu'est-ce qu'il y a ? je demande alors.
- Ce que je m'apprête à faire, je ne l'ai jamais fait de ma vie alors je vais te le dire une fois et t'as intérêt à bien ouvrir tes oreilles, ok ?
- Euh... d'accord.

Un petit silence apparaît, qu'il rompt rapidement.

- Je m'excuse pour ce que je t'ai dit il y a deux jours.

Je hausse les sourcils. Pour un type qui se faisait appeler « le roi » quand il était petit, je trouve qu'il fait de sacrés efforts.

- Dans ce cas moi aussi je m'excuse, j'aurais dû comprendre que ça t'énervait de savoir que j'avais eu quelqu'un d'autre avant toi. Mais il faut que tu me croies, je n'en ai aucun souven...

Et soudain, quelque chose me revient en tête. Je n'étais pas seule hier soir.

- Anja !
- C'est une manière de dire pardon dans une autre langue ?
- Mais non, hier soir j'étais avec Anja, une fille que j'ai rencontré le soir où on a tenté de me fusiller !

Il fronce les sourcils et secoue la tête.

- On n'a retrouvé personne d'autre que toi dans les débris.
- Mais si elle était juste à côté de moi et...
- Non Eeva, me coupe-t-il. Il n'y avait personne d'autre que toi, on l'aurait vu sinon.
- Mais alors où est-ce qu'elle est passée ?

Il semble réfléchir puis fronce les sourcils.

- Cette Anja, tu ne la connais que depuis la réception d'il y a quelques jours ?
- Oui, pourquoi ?
- Et si c'était elle, celle qui te voulait du mal ? Tu ne trouves pas ça bizarre qu'elle apparaisse pile le soir où on tente de te fusiller ? Et le soir où le manoir explose, littéralement, elle est là également mais parvient à s'en sortir et se casse sans tenter de s'occuper de toi ?

C'est vrai que ça paraît étrange... je n'ai pas envie d'y croire, pourtant c'est ce qui me semble le plus logique.

Nous sommes interrompus par l'arrivée d'une infirmière.

- Oh bah tiens, vous êtes réveillée ! Contente de vous revoir parmi le monde des vivants, mademoiselle Eriksson.

Je fronce les sourcils, et Elías aussi.

- Excusez-moi, Eriksson est mon nom de jeune fille, je suis mariée et mon nom de famille est désormais Mulligan.
- Oh, je m'en excuse ! Quand je vous ai vu la dernière fois, vous n'étiez pas encore mariée...
- La dernière fois ? répète alors Elías en haussant les sourcils.
- Oui, je travaillais pour la famille de mademoiselle, mais j'ai décidé de venir travailler ici quand j'en ai eu l'occasion, ça me rapportait plus.

J'échange un regard avec Elías.

- Je n'ai aucun souvenir de vous avoir déjà vu, je lance alors.
- Ah bon ?
- Pour quelle raison est-ce que vous vous êtes occupée d'elle ? demande mon mari.
- Eh bien... c'est un sujet un petit peu sensible... je peux l'aborder quand même ?

Je hoche la tête alors elle poursuit.

- Vous vous ouvriez les veines, mademoiselle Er... Mulligan.
- Quoi ?? je m'étonne.
- Ça explique ces zébrures que tu as entre les jambes, remarque Elías.
- Il n'y avait pas qu'aux jambes, reprend alors l'infirmière. Mais également aux bras et au ventre...

Je baisse la tête. Je me sens bête et incapable, je n'arrive même pas à me souvenir de pourquoi est-ce que j'ai l'air d'avoir tant souffert avant mon mariage, et ça me rend folle. Puis, je sens une main se poser sur ma cuisse, celle d'Elías. Je lève le regard vers lui et comprends ce qu'il veut me dire : il ne m'en veut pas. Et ça, c'est une grande preuve de respect de sa part. Je lui envoie un sourire franc, qu'il me rend.

- Je vais vous laisser quelques minutes, dit alors l'infirmière.

Ni Elías ni moi ne parlons, nous continuons simplement notre échange de regards. Puis, il prend finalement la parole.

- J'ai vraiment eu peur qu'il te soit arrivé quelque chose de grave avant de te retrouver, dit-il.
- Tu t'es inquiété pour moi ?
- Oui.

Son honnêteté me prend un peu de cour. Puis, je vois qu'il a l'air contrarié.

- Qu'est-ce qu'il y a ? je le questionne alors.
- Rien. Je me demande simplement pourquoi est-ce que je ressens ça. Cette sorte de sensation de soulagement de t'avoir en face de moi et bien vivante.
- Arrête, je vais finir par croire que tu t'es attaché à moi.

Nos regards se croisent à nouveau et ne se lâchent plus. En fait, je crois que je viens de révéler à nous-mêmes une évidence que nous avons du mal à reconnaître. Nous sommes attachés l'un à l'autre par un lien puissant. Un lien qui provoque cette peur qu'il a ressenti en m'imaginant morte, cette haine que j'ai ressenti lorsqu'il a dit qu'il ne m'aimerait jamais... et ça, ça m'inquiète autant que ça m'effraie...

**

Le jour d'après, Elías et moi emménageons chez Carita et Liris. Je n'ai pas eu de nouvelles d'Anja et honnêtement, je ne tiens pas à en avoir. Je suis désormais persuadée que c'est elle qui cherche ma mort.

En revanche, je suis contente de pouvoir passer plus de temps avec Liris, je la considère comme une bonne amie et elle me raconte ses petits tracas avec Valtteri pour passer le temps. Depuis qu'ils se sont embrassés, il paraît que leur relation n'a pas évolué et qu'elle n'a même « jamais été aussi platonique », m'a-t-elle confié.

Elías ne veut pas que je bouge du lit pour que je repose ma tête et mon corps, et comme il fait attention à ce que je mange au moins un minimum par repas, il s'occupe de cuisiner pour moi. J'ai déjà eu le droit à un repas du soir et un petit-déjeuner, qui étaient immondes. Je ne le lui ai bien sûr pas dit, d'un parce qu'il serait capable de cracher dans mon prochain repas par pur question d'ego et de deux, parce que j'apprécie déjà énormément l'intention, c'est ce qui compte le plus.

Mais aujourd'hui, je veux au moins manger quelque chose qui me plaît. Alors, lorsqu'Elías, Valtteri et Carita sortent pour tenter d'aller trouver des indices sur l'explosion d'il y a deux jours, Liris m'aide à me lever et nous commençons alors à cuisiner un gâteau allégé au yaourt. Elle voulait en faire un au chocolat, mais j'ai réussi à la convaincre que ce n'était pas la meilleure idée pour bien me remplir le ventre après ce qu'il s'est passé ces derniers jours. Elle m'a cru et n'a pas cherché à en savoir plus.

Nous voilà donc en train de suivre une recette et tenter de nous appliquer du mieux que nous le pouvons.

- « Cassez trois œufs et montez les blancs en neige puis... »
- En quoi ? je l'interroge.
- En neige. Puis...
- Mais qu'est-ce que ça veut dire ? Comment ça, « montez les blancs en neige » ?

Elle se tourne vers moi avec un sourire amusé sur le visage.

- Tu n'as jamais cuisiné auparavant toi, je me trompe ?
- Mmh, je grommelle.
- Ce n'est pas grave, je vais t'aider.

Et tandis que nous commençons la préparation, nous parlons de tout et de rien.

- Maintenant, c'est le moment potin. Comment ça se passe avec Elías au pieu ?
- Eh bien... ça fait plusieurs jours que nous n'avons rien fait, puisqu'avant l'explosion on ne se parlait plus.

- Ah oui, il m'en a brièvement parlé.
- Ah oui ?

Elle hoche la tête.

- Et... qu'est-ce qu'il t'a dit d'autre sur nous ?
- Non non, tu ne m'auras pas là-dessus, secret défense.

Devant mon air étonné, elle explose de rire.

- Je déconne, il ne m'a rien dit d'autre qui vaille la peine d'être raconté !

Je lève les yeux au ciel avec le sourire aux lèvres. Puis, nous nous remettons à bosser dans le calme.

Une petite heure plus tard, le gâteau est enfin prêt et cuit. Liris n'a pratiquement rien fait à part beaucoup me guider, et c'est ce qui me rend encore plus fière.

- Je ne le trouve pas mal pour un premier gâteau ! je lance.

Et à ce moment-là, je songe au fait que je pourrais l'envoyer à ma mère, elle qui a toujours aimé préparer des desserts. Et puis je me souviens qu'elle n'est pas venue me voir à l'hôpital, alors je me résigne et éteins mon téléphone.

Puis, des crissements de pneus se font entendre à travers les fenêtres ouvertes du manoir, et je vois la Ferrari bleu nuit d'Elías en train d'arriver.

- Je vais aller lui montrer le gâteau ! je m'exclame alors.
- Attends peut-être que tu... commence Liris, mais je n'écoute pas ce qu'elle dit et sors dehors en courant avec le gâteau.
- Eh oh ! je m'exclame. Regardez ce que j'ai f...

Et ce qui devait arriver arriva, je trébuche et le gâteau vole en l'air. Heureusement, il ne se détache pas du moule et retombe parfaitement sur le sol. Soulagée, un sourire prend place sur mes lèvres puis... Elías roule dessus et l'écrase.

- Non ! je m'exclame.

Il arrête la voiture, en sort, et vient me relever.

- Putain Eeva mais qu'est-ce que tu fous là ?? Tu devais rester dans la chambre !
- Mais Liris et moi on avait cuisi...

Un grognement retentit, et Valtteri sort Silppuri, notre panthère noire, du coffre.

- Comment va-t-elle ? je m'inquiète alors, oubliant immédiatement le gâteau gisant sous une des roues de la voiture.
- Elle était à l'opposé de l'explosion alors elle a eu de la chance. En revanche Hiomakone...

J'écarquille les yeux.

- Il est... ?

Elías me regarde d'un air triste.

- Arrête espèce d'idiot, elle va vraiment y croire ! retentit alors la voix de Carita, qui sort à son tour de la voiture.

Je regarde Elías en fronçant les sourcils, ne comprenant pas réellement ce qu'il se passe. Puis, il se met à rire et passe un bras autour de mes épaules tandis que nous prenons la direction du manoir.

- Il va très bien, mais l'explosion a abîmé une partie de son bassin qui s'est fissuré, et de l'eau coule de cette fissure alors ce n'est pas urgent mais il faudra le réparer.
- Et ce n'est pas dangereux de le laisser seul là-bas alors qu'il y a eu une explosion donc de potentiels ennemis sur place ? je demande tandis que nous franchissons la porte d'entrée.
- Tu veux qu'on fasse quoi ? Ce genre d'animal ne peut pas se déplacer facilement. Mais si tu veux tout savoir, j'ai fait poster deux hommes devant son bassin, qui m'enverront immédiatement un message en cas de problème.

Je hoche la tête en souriant. Voilà une bonne nouvelle.

- Ah bah vous êtes tous rentrés ! fait Liris en nous voyant. Eeva, qu'est-ce que t'as fait du gâteau ?
- Quel gâteau ? demande Elías en se tournant vers moi, resserrant un peu plus sa prise autour de mes épaules.

Et sans même qu'il s'en aperçoive, son contact me réchauffe et m'apaise.

- Hein, quel gâteau ? répète-t-il.

À ce moment-là, je le dévisage et me demande si je dois lui coller la tête sous la roue de sa voiture ou lui acheter des lunettes. Et honnêtement, je me demande si c'est toujours pour qu'il remarque le gâteau et pas autre chose…

# Chapitre 20

Une semaine plus tard, je me sens mieux et les travaux de reconstruction du manoir viennent de commencer. Je passe la plupart de mes journées avec Liris et Valtteri, comme Elías reste beaucoup au manoir pour suivre l'avancée des travaux et surveiller le coin. Actuellement il est là, mais enfermé dans le bureau de Carita qu'il s'est approprié pour revoir certains dossiers.

- T'en veux ? me demande Liris en me tendant un paquet de chips.
- Non, merci.

Rien que l'odeur me donne la nausée. C'est horrible. J'ai l'impression que si j'en mange une, il y aura écrit « surpoids » sur mon front. Elle tend ensuite le paquet à Valtteri, qui lui en prend. Je ne comprends vraiment rien à leur relation. Il y a deux semaines, il l'a embrassé, et maintenant ils agissent comme si rien ne s'était passé. Pas une seule fois durant mon séjour ici je n'ai remarqué un quelconque rapprochement entre eux.

- Et si on sortait ce soir ? propose soudain Liris. Ça fait longtemps que nous ne sommes pas allés nous éclater en boîte !

Je hoche la tête.

- Je suis pour ! Par contre je n'ai pas de robe.
- Ce n'est pas un souci, je vais t'en prêter une !

Un sourire prend place sur mes lèvres tandis que je la remercie.

- Je vais prévenir Elías ! je lance.
- Il ne sortira peut-être pas, dit Liris. Il a l'air pas mal occupé ces derniers temps.
- Justement, sortir lui fera du bien. Tu peux me passer les chips ?
- Ah, tu en veux finalement ?
- Non, je vais les lui monter.

Elle hoche la tête et me les passe. Puis, je m'empare d'une sauce et monte à l'étage. Je toque et lorsqu'il m'intime d'entrer, je m'exécute et referme la porte derrière moi.

- Comment est-ce que tu vas ? je demande en posant les chips et la sauce sur son bureau.

Puis, j'enroule un bras autour de ses épaules.

- Je suis pas mal occupé. Il faut que je gère pleins de papiers. Ce n'est pas facile de devenir chef de la mafia.
- Oui, c'est compréhensible.

Je m'éloigne de lui et ouvre la sauce puis trempe une chips dedans. Je la lui tends mais il secoue négativement la tête. Alors, après réflexion, je la mange. Le goût est plutôt bon, et ça pique. J'adore ce côté épicé. Je m'assois sur le coin de son bureau et sors une deuxième chips que je trempe à nouveau dans la sauce et Elías me jette un coup d'œil.

- N'en fais pas tomber sur mes papiers, dit-il.
- Mais non, ne t'en fais pas.

Merde, c'est que c'est super bon ! Je ne sais pas combien j'en mange encore, mais pendant la dizaine de minutes qui suit, je passe mon temps à ça. Je risque d'avoir mal au ventre. Puis, je jette un coup d'œil à mon mari, concentré. Je trempe alors une nouvelle chips dans la sauce et m'apprête à la lui proposer quand elle m'échappe des mains et s'étale sur l'un de ses papiers.

- Putain Eeva ! lance-t-il en levant ses bras vers le ciel.

Et comme instinctivement, j'ai le réflexe de reculer en voyant ses mains se lever, si bien que j'en tombe du bureau. Et là, un souvenir m'envahît.

*Mon père me gifle et je tombe au sol.*

- *Fais-le, Eeva ! Tu veux continuer à lui faire honte ?? Aucun homme ne pourrait te supporter physiquement, tu t'es vue ??*
- *S'il te plaît je...*
- *Fais-le ! hurle-t-il en levant à nouveau sa main.*

Et c'est là que je reviens à moi. Elías me prend par le bras pour me remettre debout et m'interroge du regard.

- Tu as réellement cru que j'allais te frapper ? demande-t-il pendant que je me masse le coude.
- Je...

J'ai du mal à trouver une réponse, trop perturbée par ce morceau de souvenir que je viens d'avoir.

- Je viens d'avoir un flashback, je lui annonce donc.
- Comment ça ??

Et je lui raconte ce dont je me suis souvenue.

- C'est étrange... et qui est ce « lui » dont il parle ? Je ne comprends rien à cette histoire. Eeva, le plus tôt tu t'en souviendras, le mieux ça sera pour nous tous. Parce qu'il y a là dehors une personne prête à te faire exploser comme des feux d'artifice et sans aucune pitié.
- Je le sais...

Je m'approche de la fenêtre et regarde à l'extérieur, ennuyée.

- Tu penses que je devrais en parler à mon père ?

Il hausse les épaules.

- Tu peux, mais s'il est en partie responsable de ta perte de mémoire, ça m'étonnerait qu'il te dise quoique ce soit...
- Tu n'as pas tort. Merde alors, ça me tue de ne pas savoi...
- Attention j'entre ! retentit soudain la voix de Liris derrière la porte.

Elle attend cinq secondes avant d'entrer, puis nous dévisage d'un air étonné.

- Ah bah tiens, vous avez toujours vos fringues. Je viens chercher Eeva pour une petite séance d'essayages.
- Elías et moi étions en train de parl...
- Ce n'est pas grave, vas-y. On reprendra cette discussion plus tard, me coupe-t-il.
- Oh, d'accord.

Et tandis que je sors de la pièce, je vois un air contrarié se dessiner sur son visage. Si cette histoire commence à lui poser un problème à lui aussi, alors ça veut réellement dire que nous sommes, n'ayons pas peur des mots, à deux pieds joints dans la merde...

Le soir, je suis en voiture avec Liris et nous nous dirigeons vers une boîte proche d'ici. Elías n'est pas venu car il a des choses à faire et Valtteri lui file un coup de main. Nous sortons donc entre filles, et nous nous sommes mises sur notre 31. Je porte une robe bustier noire, courte et simple, mais sublime. Pour apporter un peu de brillance à mon look, j'ai mis un gros collier en diamant et des bagues sur mes doigts. J'ai lissé mes cheveux et ils flottent dans l'air pendant que la vitre laisse circuler le vent.

Lorsque nous arrivons, nous entrons sans faire la queue et partons directement nous installer au coin VIP pour déposer nos affaires. Puis, nous consommons des boissons, beaucoup de boissons, et allons danser. Rapidement, un groupe de mecs commence à nous regarder et les filles qui les accompagnent semblent nous assassiner du regard. Alors, pour les provoquer, j'envoie un bisou d'une main à l'une d'entre elles. Bien évidemment, elle se lève et vient me voir.

- Oh oh, ça sent les problèmes... rit Liris.

J'échappe un rire tandis que la fille nous atteint.

- Ça te fait rire de draguer mon mec ??

Je hausse les sourcils.

- Et tu peux me dire à quel moment tu m'as vu le draguer ?
- Tu danses et te trémousses sous ses yeux comme une pute en chaleur !

Un faux rire m'échappe. S'il y a bien un mec pour qui j'aimerais me trémousser, c'est Elías, mais il n'est pas là !

- Alors d'un, si je veux me trémousser comme tu le dis, je fais ce qu'il me plait. De deux, si ton mec me regarde ce n'est ni mon souci ni ma faute. De trois, ose encore une fois insinuer que je danse comme une pute et je te tue.

À ce moment-là, les yeux de Liris s'écarquillent.

- Eeva, tu peux te calmer s'il te plaît ?
- Oui, calme-toi espèce de voleuse de mec, lance la fille. Et arrête de montrer ton cul à tout le monde.

Et là, c'est la phrase de trop. Je fouille dans mon sac à la recherche de mon flingue mais Liris me l'arrache d'un coup et le cache dans le sien avant de m'attraper par le bras et de m'entraîner vers la sortie.

- On ira faire chercher nos affaires demain matin. Tu as besoin de prendre l'air. Non mais tu peux me dire ce qu'il se passe ??

Je pose les mains contre mon front et ferme les yeux.

- Je ne sais pas... je suppose que l'alcool mélangé à cette sorte de... d'amertume que je ressens par rapport à l'absence d'Elías ce soir me rend plus irritable.

Elle hoche la tête.

- Je peux comprendre. Alors on fait quoi, on y retourne ?

Je jette un coup d'œil à la boîte et secoue la tête en grimaçant.

- On rentre ? je propose.

Elle hoche la tête.

- Mais avant, il faut que je passe aux toilettes. Les boissons que j'ai consommées commencent à peser sur ma vessie.

Un rire lui échappe.

- Tu n'as qu'à aller dans le bar là-bas, dit-elle. Je t'attends dans la voiture.

Je hoche la tête et me dirige donc vers le bar. Je passe la porte et demande au serveur si je peux utiliser les toilettes, ce qu'il accepte. Je tente d'ignorer le regard des types qui me dévisagent comme s'ils avaient des mauvaises intentions. Je pousse la porte des toilettes puis entre dans une cabine et fais ce que j'ai à faire, puis sors et me lave les mains.

Ensuite, je m'apprête à sortir de la pièce lorsque la porte se pousse sur un groupe de six hommes. Je fronce immédiatement les sourcils et commence à reculer.

- Salut ma jolie, lance l'un d'entre eux.

J'ouvre immédiatement mon sac à la recherche de mon arme, mais me souviens trop tardivement que je ne l'ai plus en ma possession et que Liris me l'a pris en boîte. Ce temps de déconcentration permet à l'un des types, un homme chauve d'une quarantaine d'années, de m'attraper par les bras et de me maîtriser. Un deuxième, un homme du même âge avec des cheveux gris, gras et mal coupés vient mettre un couteau sous ma gorge. Une larme roule le long de ma joue.

- C'est un sacré joli collier que tu as là, lance un troisième type, un peu plus âgé que les deux autres et avec les cheveux blonds.

Il pose sa main dessus et évidemment, il envahit mon espace personnel. Même si ce n'est absolument pas le moment, je sens mon rythme cardiaque augmenter et ma respiration commence à se faire de plus en plus difficile. Je le sens, je le sais, c'est imminent. Je suis sur le point de faire une crise d'anxiété.

# Chapitre 21

Apeurée et stressée, je commence à me débattre pour qu'il me lâche.

6 Reste tranquille ! lance le blond en agrippant mon collier.

Je me débats sans l'écouter et des larmes commencent à couler le long de mes joues. Il ne lâche pas le collier une seule seconde pendant que je continue à remuer, et ça me blesse. Je sens les brûlures des frottements contre mon cou.

- Immobilise-la ! lance-t-il au type qui me tient.

Malgré ma peur et l'angoisse qui me gagnent, je tente d'oublier le couteau qui est juste sous ma gorge. Je tente de morde la main du type qui tient le collier, ce qui a le don de le mettre en colère, je le vois.

- Tu ne vas pas rester tranquille ? Très bien, tu l'auras cherché, dit-il.

Et il me met un coup de poing en pleine tête, en plein sur mon œil. Un cri de douleur m'échappe. Ça a en revanche le don de me calmer. Je ne bouge plus, tétanisée par la peur. Celui qui vient de me frapper commence donc à faire tourner le collier autour de mon cou pour me l'enlever sans l'abîmer.

- Combien tu penses que ça vaut, cette merveille ? lance un des trois types encore debout à côté de la porte.
- Tu parles de la fille ou du collier ? lance un autre.

Et leurs gros rires gras résonnent dans la pièce.

- Bon t'y arrives ou pas ? lance le type qui me tient.
- Ta gueule, je fais ce que je peux, il y a ses putains de cheveux qui s'emmêlent dedans !
- Alors coupe-les, merde !

Et c'est alors que le blond fait tourner le collier d'un coup, m'irritant à nouveau le cou et arrachant quelques-uns de mes cheveux au passage. Un gémissement de douleur m'échappe.

- Ta gueule ! lance-t-il.

Heureusement, il parvient enfin à l'enlever et prend le temps de le contempler.

- On va se faire une fortune avec ça... dit-il avec un sourire triomphant. Allez, balance-la dehors.

Le type qui me tient obéit et me sort des toilettes tandis que je suis encore sonnée par le coup et sous le choc, si bien que je ne prends même pas conscience que c'est fini et que je vais pouvoir sortir de ce bar pourri.

Le type qui me tient ouvre la porte qui mène à l'extérieur sous le rire de plusieurs types du bar et me balance littéralement sur le trottoir. Mon visage cogne contre le rebord et je sens ma lèvre s'ouvrir. Je sens un goût de métal dans ma bouche et comprends alors que je saigne. Tandis que je pleure et tremble en même temps, je me relève péniblement. Rapidement, Liris accourt.

- Putain mais qu'est-ce qu'il s'est passé Eeva ?? fait-elle en m'attrapant par le bras pour me remettre sur pieds.
- Je... ces types...
- Je t'en prie, dis-moi qu'ils ne t'ont pas fait d'attouchements.

Je secoue négativement la tête.

- Ils... ils m'ont volé mon collier et ils me tenaient fermement et... et j'ai commencé à angoisser à cause de leur proximité et...
- Calme-toi, tu parleras plus tard si tu n'y parviens pas maintenant.

Elle me dirige jusqu'à la limousine et me dépose sur le siège arrière. Pendant qu'elle intime au chauffeur de démarrer, elle inspecte mon visage et mon cou avec minutie et inquiétude.

- Je pense que ce ne sont que des blessures superficielles, mais ça doit quand même sacrément piquer.

Je hoche la tête et essuie les larmes qui coulent encore sur mon visage.

- Ne pleure pas, ma belle. Ça va aller...

Et pendant tout le trajet du retour, je ne prononce pas un mot. Je suis encore choquée par l'agression que je viens de subir.

Dès que je passe le pas de la porte et qu'Elías me voit, il fronce immédiatement les sourcils et se lève pour s'approcher de moi.

- Qui t'a fait ça, Eeva ? demande-t-il d'un ton autoritaire.

Je renifle et baisse les yeux, incapable d'avoir une parole cohérente.

- Eeva ! Dis-moi juste un nom, fille ou mec, je le bute.

Je renifle encore une fois et tente de lui répondre mais ma voix tremble beaucoup trop. Liris rentre à son tour et Elías se tourne vers elle.

- Qu'est-ce qu'il s'est passé ?

Et là, elle lui raconte tout ce que je lui ai dit.

- Conduis-moi à ce bar, lui ordonne-t-il.
- Je ne suis pas sûre que ça soit une bonne i...
- Je ne te demande pas ton putain d'avis Liris ! explose-t-il.
- Oh c'est bon, change de ton. Je vais te le montrer ce bar.

Et elle retourne vers la sortie. Elías passe un bras autour de ma taille pour m'aider à avancer et nous fait sortir également. Nous nous installons de nouveau dans la limousine et Liris demande au chauffeur de retourner à côté de la boîte de nuit. Je ne sais pas ce qu'Elías a prévu de faire, mais ce qui est certain c'est qu'ils vont le payer très très cher...

Lorsque nous nous garons devant le bar, je sens mon cœur tressauter dans ma poitrine et je recommence à pleurer. Je croyais être forte aussi bien mentalement que physiquement, mais je pense que depuis que j'ai épousé Elías et que les menaces ont commencé autour de moi, je ne me sens absolument plus en sécurité du tout. J'ai peur de tout, je deviens limite parano et peut-être pas à tort.

Elías me prend par la main et se précipite vers le bar. Puis, après que nous soyons entrés, je baisse instantanément le regard.

- Est-ce qu'ils sont encore là ?

Je relève prudemment le regard et les aperçois tous les six assis autour d'une table. Alors, je hoche lentement la tête. Et c'est là que je vois Elías sortir un petit flacon de sa poche. Je fronce les sourcils, comprenant immédiatement de quoi il s'agit. C'est du poison, sans doute de la mort aux rats.

- Tu es fou ?! je lance en me mettant devant lui.
- Apparemment ça marche super bien pour tuer, c'est un ami américain à moi qui me l'a dit, un certain Connor Jann.
- Mais tu ne vas quand même pas tuer ces types ??
- Ils manquent de respect à ma femme et l'humilient, alors si, ils vont mourir.

Il s'approche du barman et commande une bouteille. Lorsqu'il la reçoit, il verse le flacon dedans et m'ordonne de quitter le bar, ce que je finis par faire à contrecœur. Juste avant de passer le pas de la porte, je le vois s'installer avec les types en déposant la bouteille sous leur nez et en leur proposant des cigarettes. Ivrognes comme ils ont l'air d'être, je suppose qu'ils vont tous en boire...

Je passe le pas de la porte, et pars vite rejoindre Liris dans la voiture en m'asseyant sur les sièges arrière.

- Alors ? demande-t-elle.
- Il... je crois qu'il a versé de la mort aux rats dans la bouteille qu'il va leur servir...

Devant mon air peu confiant, elle se tourne vers moi et prend ma main.

- Tu sais, c'est la mafia ici. On ne rigole pas. Personne n'a le droit de manquer de respect à l'un de ses membres, même à une femme, et c'était le cas même à l'époque de nos mères alors qu'elles n'étaient même pas respectées au sein de la mafia.

Je hoche lentement la tête.

- Mais ils ont juste volé mon collier...
- Et Dieu seul sait ce qu'ils ont pu faire d'autre. S'ils n'ont eu aucune pitié à se liguer à plusieurs contre toi et à te frapper, alors ils ne sont sûrement pas des saints.

Je hoche à nouveau la tête. Elle n'a sans doute pas tort.

- Et...

Mais elle n'a pas le temps de poursuivre sa phrase qu'un cri d'horreur retentit. Je tourne la tête vers sa provenance, le bar, puis vois avec effroi un homme sortir et... il est en flammes.

Rapidement, un deuxième homme sort à son tour, lui aussi en flamme. Ils sont vite suivis par un troisième ainsi qu'un quatrième. Je porte mes deux mains à ma bouche en retenant un cri d'effroi. Puis, ensuite, Elías sort du bar. Et c'est alors que je le vois comme je ne l'avais encore jamais vu auparavant. Un sourire froid et sadique se dessine sur son visage. Mais ce qui me choque le plus, c'est qu'il ne transmet aucune émotion, il semble vide. Plus il se rapproche de la voiture, plus je remarque qu'il semble avoir un drôle de tique nerveux. Son œil droit frétille continuellement, comme s'il n'était pas en mesure de le contrôler.

Lorsqu'il entre dans l'habitacle et s'assoit côté conducteur, je le regarde avec une peur immense. Il m'effraie et ne semble pas dans son état normal. Même Liris semble inquiète.

- Elías ? fait-elle en posant sa main sur son bras.

Il ne répond rien et regarde juste sa main posée sur lui. Elle la retire rapidement et déglutit péniblement.

- C'est réglé, retentit soudain la voix glaciale de mon mari.
- Mais... qu'est-ce que tu leur as fait ? je demande alors.

Il se passe plusieurs secondes avant qu'il ne me donne une réponse.

- J'ai mis de la mort aux rats dans la bouteille mais c'était mon plan B, au cas où ils ne fumaient pas. Heureusement, ils ont tous pris une de mes cigarettes... couvertes d'essence.

Je porte à nouveau mes mains à ma bouche et sens les larmes me monter. Alors ces hommes se sont pris un retour de flamme ? Je n'ose même pas imaginer la douleur qu'ils ont dû ressentir en sentant leur chair fondre et la chaleur les irradier.

Il ne semble ni en colère, ni rien. Il a toujours ce regard vite que je ne lui avais encore jamais vu.

- On... on va rentrer, dit alors Liris.

Il acquiesce et je ne dis rien, blottis dans mon siège. Cette soirée était censée être une bonne soirée, et un petit dérapage de ma part aura mené à la mort de six personnes...

# Chapitre 22

Le lendemain, je me réveille dans le lit de Liris. Je n'ai pas souhaité dormir avec Elías après ce qu'il a fait hier soir. Je ne l'ai pas reconnu et il m'a fait peur, alors j'ai préféré prendre mes distances. J'appréhende de le revoir.

- Tu veux rester au lit plus longtemps ? En ce qui me concerne je vais aller prendre mon petit-déjeuner, m'informe Liris.
- Tu peux m'attendre ? Je n'ai pas envie d'y aller toute seule.

Elle acquiesce alors je me lève et me dépêche de me préparer avant de la rejoindre.

Lorsque nous entrons dans la cuisine, Elías s'y trouve. Il est adossé contre un mur et boit tranquillement un café.

- Alors la boîte hier, c'était comment ? demande-t-il.

Sa cousine et moi échangeons un regard.

- Tu... ne te souviens pas de ce qu'il s'est passé hier soir ? demande-t-elle.

Il fronce les sourcils.

- Qu'est-ce qu'il s'est passé hier soir ?

Je croise alors son regard et comprends qu'il est aussi égaré que nous.

- Tu as dû faire une crise psychotique, hier soir, dit alors Liris.
- Qu'est-ce qu'il s'est passé hier soir ? répète-t-il.

Je détourne le regard et la laisse expliquer.

- Six hommes ont agressé Eeva pour lui voler son collier et lorsque tu l'as appris, tu es allé donner des cigarettes pleines d'essence à ces types.

Il hausse les sourcils, puis acquiesce. J'aurais peut-être dû rentrer chez un membre de ma famille hier soir. La plupart habite en Norvège, mon pays natal, mais j'ai de la famille qui habite également en Finlande et pas loin d'ici.

-   Je vais prendre une douche, je lance alors.

Et sans attendre une quelconque réponse de leur part, je repars aussi vite que je suis arrivée et monte jusqu'à la salle de bain pour ensuite m'y enfermer.

Après avoir pris une longue, très longue douche, je m'habille sobrement d'un pull ainsi que d'un jean et pars prévenir Liris que je vais faire un tour. Puis, je me rends jusqu'à son garage et lui empreinte une BMW noire. Je ne sais pas où je compte aller, mais j'ai besoin de m'éloigner de tout cet étau qui s'éprend de ma tête depuis hier soir.

Je roule pendant une vingtaine de minutes, et m'arrête lorsque j'aperçois une forêt éclairée par le soleil qui ne me semble pas fréquentée. Je sors de la voiture et observe les alentours. Oui, cet endroit me semble correct pour marcher et me détendre. Mais ça, c'était sans compter sur le bruit de moteur qui retentit derrière moi. La Ferrari bleu nuit d'Elías se gare juste à côté de ma voiture et le voilà qui en sort. J'évite son regard tandis qu'il s'approche de moi.

-   On marche ? me propose-t-il.

J'acquiesce après quelques secondes de réflexion, et nous commençons à nous enfoncer dans les bois.

-   Je crois que je t'ai fait peur hier soir, dit-il.

Je hoche la tête.

-   Je sais que ça partait d'un bon sentiment, mais j'étais déjà en état de choc après ce qu'ils m'avaient fait. Je n'avais pas en plus besoin de les voir brûler.
-   Tu m'en veux ?
-   Non, je réponds sans aucune hésitation. Tu as fait ça pour moi, et c'est comme cela que ça se passe dans la mafia, j'en ai bien conscience.

C'est à son tour de hocher la tête.

-   Ton visage te fait encore mal ?

Je grimace en repensant à ma tête sacrément tuméfiée. Celui qui m'a frappé hier soir n'y est pas allé de main morte. Et disons que mes lèvres ont également souffert après qu'un autre m'ait balancé sur le trottoir glacé.

-   Ça ne va pas super bien mais je m'en remettrai.

Nous continuons notre marche en silence et je le vois presque hésitant.

-   Qu'est-ce qu'il y a ? je demande alors.
-   Si un jour je dépassais les bornes à cause de... tu sais, d'une crise psychotique, et que je me montrais incontrôlable, violent ou même que je ne respectais pas ton

consentement, je veux que tu saches que tu as mon total accord pour m'éloigner de toi de toutes les manières possibles, et ça même si cette manière pourrait m'être fatale. D'accord ?

Je soupire et baisse les yeux vers le sol.

- Ce que tu me demandes là est compliqué. Tu me proposes de faire comme ta mère a fait avec ton père. Sauf que tu m'as très clairement fait comprendre il y a plusieurs semaines que tu ne serais jamais comme lui et que tu ne...
- Tomberais jamais amoureux de celle que j'ai dû épouser ?

Je hoche la tête.

- Ça pourrait justement te motiver, en guise de vengeance personnelle.

Malgré moi, un petit sourire m'échappe. Puis, son téléphone vibre, signifiant qu'il a reçu un message. Il s'en empare, le lit et s'arrête brusquement.

- Qu'est-ce qu'il y a ? je lui demande alors.

Il lève vers moi un regard compatissant, presque inquiet, et les mots qui franchissent ensuite ses lèvres me brisent en mille morceaux.

- Ta mère est décédée il y a quelques heures.

**Elías**

A peine lui ai-je annoncé la nouvelle que je vois son visage se décomposer.

- C... comment ? demande-t-elle.
- Elle s'est faite assassiner.

Elle porte ses mains à sa bouche et un sanglot lui échappe. Elle n'avait sûrement pas besoin de ça en ce moment. Eeva est une femme très forte, elle a su faire face à ses troubles du comportement alimentaire, elle a subi plusieurs tentatives de meurtre, et pas plus tard qu'hier soir, elle s'est faite agresser dans un bar. J'ai peur que la mort de sa mère ne soit un déclencheur. Elle pourrait retomber malade, s'enfermer dans une bulle, tomber dans la dépression...

- On t'a dit quand auront lieu les obsèques ? demande-t-elle en reniflant.
- Non, mais ce qui est sûr c'est qu'elles se dérouleront en Norvège.
- Alors... on va quitter la Finlande ?

Je hoche la tête.

- Pendant quelques jours, oui. Mais nous devrons être très prudents. Si la personne qui a causé sa mort est aussi la personne qui cherche à te nuire, alors elle sera également présente. Nous allons devoir redoubler de vigilance.

Elle hoche péniblement la tête et je vois qu'elle a besoin de soutien. Alors, je passe un bras autour d'elle et l'attire à moi. Je sais que j'ai fait des choses qui lui ont fait peur hier, elle ne m'a pas reconnu. Malheureusement quand je suis en pleine crise psychotique, je ne réalise pas ce que je fais, la réalité m'apparaît comme déformée.

Elle se laisse aller dans mon étreinte pendant que des larmes viennent s'écraser sur ma chemise.

- Je... je l'aimais tellement... murmure-t-elle.

Comme un réflexe instinctif, je pose ma main sur ses cheveux et commence à les caresser.

- Ça va aller, ok ?

Elle hoche la tête contre mon torse et redresse le visage pour pouvoir poser son regard dans le mien.

- J'en ai vraiment marre, Elías... dit-elle. Je vais tenir car je sais que je peux tenir, mais avec l'accumulation d'événements malheureux qui m'arrivent en ce moment, un jour le vase va finir par déborder...
- Je le sais bien. Tu es humaine.

Elle me prend par la main comme pour se donner un peu de réconfort et nous entamons le chemin du retour.

Une fois arrivés à nos voitures respectives, nous rentrons au manoir de Liris et de Carita.

- Je vais faire mes valises, me prévient Eeva en partant dans la chambre.

Je hoche la tête et m'installe sur un canapé. Rapidement, Valtteri vient me rejoindre. Je lui apprends alors la nouvelle.

- Il va falloir que vous fassiez très attention une fois en Norvège... dit-il.
- Ouais, mais je compte sur toi pour faire attention aux femmes qui nous entourent, ici en Finlande.

Je pense à ma mère, à Carita, à Nina et à Liris. Même si je sais qu'elles peuvent très bien se défendre toutes seules, un renfort supplémentaire pour elles en cas de besoin n'est que bénéfique.

Je vois sur son visage qu'il semble contrarié.

- Qu'est-ce qu'il y a ? je demande donc.
- Ça n'a aucun rapport avec ce dont nous venons de parler et ce problème me semble plutôt insignifiant comparé à la mort de la mère d'Eeva mais...
- Laisse-moi deviner, c'est à propos de toi et de Liris ?
- Ouais.

Il me jette un coup d'œil, comme pour s'assurer que ça ne me dérange pas de changer de sujet de conversation. Franchement, ça ne me fera pas de penser à autre chose. Alors, je lui donne mon accord d'un hochement de tête. Il poursuit.

- Il y a déjà plusieurs semaines, je l'ai embrassé. Mais maintenant aucun de nous deux ne tente de passer aucun cap. Je ne sais pas comment faire évoluer notre relation.
- Tu n'as qu'à l'inviter à dîner, pour commencer.

Il hoche la tête.

- Ouais... mais où ?
- Ah ça, c'est à toi de trouver.

Il hoche à nouveau la tête. Puis, ma cousine entre dans la pièce et un silence s'installe.

- J'apporte un cookie à Eeva, dit-elle.

Puis elle repart. Je ne dis rien, mais je sais pertinemment que ma femme ne le mangera pas. D'ailleurs, elle ne mangera rien de la journée, ça j'en suis persuadé.

- Bon, Eeva et moi partons pour la Norvège dans une heure, alors je vais aller faire ma valise, je préviens Valtteri.

Celui-ci acquiesce et se lève. Je me lève à mon tour et pars dans la chambre que j'ai occupé la nuit dernière. Là, je prévois quelques vêtements à me mettre lorsque je serai en Norvège, et une pensée me traverse soudain l'esprit. Eeva est norvégienne et a grandi là-bas, dans son manoir d'enfance. Peut-être qu'y retourner l'aidera à comprendre certaines choses et à s'en révéler d'autres à elle-même...

Une heure plus tard, mon jet privé décolle donc et nous voilà en route pour aller chez sa famille. Je ne sais pas pourquoi, mais j'ai l'impression que ce voyage va nous réserver bien des surprises...

# Chapitre 23

**Eeva**

Lorsque nous posons le pied sur le sol norvégien, je resserre ma veste. J'avais oublié à quel point il faisait froid ici. J'aperçois mon père et pars dans sa direction pour le saluer. Son visage paraît tellement froid et fermé, on dirait qu'il n'en a absolument rien à faire. D'ailleurs, c'est peut-être le cas. Elías vient ensuite le saluer, et nous montons en voiture dans une BMW blindée. Deux voitures de protection nous précèdent et deux autres nous suivent pour assurer notre sécurité. Il y a un chauffeur, mon père est assis sur le siège avant, et moi et Elías sommes à l'arrière.

Nous arrivons au manoir cinq minutes plus tard. Je n'avais pas vu cet endroit depuis plusieurs semaines, et j'avoue que ça me fait quelque chose. Mais avant tout, un étrange frisson s'installe sur ma peau à mesure que je traverse les portes. Une vision me prend soudain. Je me vois traverser ces mêmes portes, quelques semaines plus tôt, avec du sang sur les mains, beaucoup de sang. J'entends les cris de mon père au loin, je reconnais sa voix, pourtant je n'arrive pas à comprendre ce qu'il est en train de crier. Lorsque je reviens à moi, j'ai comme l'impression que je ressens toutes les tortures et tous les supplices qui ont été procurés ici, mais pas n'importe lesquels, plutôt ceux qui auraient été infligés... par mes soins.

- Qu'est-ce qu'il se passe ? fait Elías en posant une main dans mon dos.

Il doit sûrement penser que je suis triste. Enfin, c'est le cas bien évidemment, mais là c'est tout autre chose.

- Il faudra que je te dise ce que je viens de voir, je lance.

Il hoche la tête et mon père approche.

- Eeva, je te laisse présenter les lieux à ton mari. Vous dormirez dans ton ancienne chambre.

Je hoche la tête et il s'en va. Mais juste avant qu'il ne sorte de ma vue, je l'interpelle. Il se retourne.

- Tu tiens le coup ?

Un rire lui échappe.

- Des hommes et des femmes, j'en perds et j'en fais exécuter tous les jours. Ta mère ne représente qu'un cadavre de plus.

J'entrouvre la bouche, choquée. Avant que j'ai le temps de répondre, il est déjà en dehors de mon champ de vision.

- Je le déteste, je murmure.
- Il payera un jour, dit Elías en se rapprochant de moi.
- Qu'entends-tu par là ?
- Rien. Qu'est-ce que tu as vu ?

Et je lui raconte alors la vision que j'ai eu tandis que nous montons jusqu'à ma chambre. Il a la gentillesse de porter ma valise et une fois que nous passons la porte, je reste à l'entrée pour admirer ma chambre. Il y a du violet partout, ma couleur préférée. Elle pue le luxe.

- C'est... très fille, dit Elías. Mais pour en revenir à ta vision, ça parait maintenant évident que ton père est impliqué. Mais alors quel serait le rapport avec Anja, qui était là le soir de l'explosion et qui a mystérieusement disparu sans ne plus jamais donner de nouvelles ?
- Je ne sais pas...

Il semblait réfléchir.

- Elle pourrait à la rigueur avoir rejoint sa famille pour leur assurer que tout allait bien.
- Je ne pense pas, sa mère est morte.
- Tu as le nom de sa famille ? On pourrait peut-être essayer de les contacter.
- Oui, c'est Virtanen

Il a un mouvement de recul.

- Ce nom, je le connais.
- Ah bon ? Moi, c'est le prénom de sa mère qui me disait quelque chose. Tu connaîtras peut-être, « Lyudmila ».

Son visage se durcit instantanément.

- Je sais qui est Lyudmila. Ma mère l'a tué par jalousie. En revanche, je ne pense pas qu'elle savait qu'elle avait un enfant.
- Alors Anja prendrait sa revanche sur ta famille en tentant de m'assassiner ??

Il souffle.

- Je n'en sais rien, tout ça me prend la tête.
- Moi aussi.
- Et si on se reposait un peu ? demande-t-il en lançant un regard lubrique au lit.

Un sourire triste s'installe sur mon visage.

- Je viens de perdre ma mère, Elías. Je n'ai pas la tête à ça.
- Tu as raison.
- Mais sinon... ça te dirait de sortir dîner en ville ce soir ?

Il hoche la tête.

- Pourquoi pas. Mais si la bouffe norvégienne n'est pas à mon goût je te préviens, je rentre directement en Finlande.

Un rire m'échappe, le premier depuis longtemps.

- Alors je vais mettre des supers sous-vêtements et comme ça, si les plats servis ne te plaisent pas, ça sera moi le plat norvégien, je lance.
- Je ne dis pas non, fait-il en me zieutant de haut en bas.

Je commence ensuite à fouiller dans mon dressing à la recherche d'une jolie robe, de préférence noire. Je sais que mon père ne fera ni repas ni mémorial pour ma mère, il se contentera de l'enterrement. Alors je lui rendrai hommage à ma manière ce soir, en commandant le tout premier vin que j'ai bu de ma vie, qu'elle m'avait fait découvrir. Ça reste un très bon souvenir que j'ai avec elle et malheureusement l'un des seuls. Nous n'avons pas particulièrement eu l'occasion d'être proche. Malgré moi, une larme solitaire vient rouler le long de ma joue. Elle va me manquer...

**Elías**

Tout en cherchant de la place dans les anciennes affaires de la chambre d'Eeva pour pouvoir ranger les miennes, je tombe sur une boîte avec un cadenas. Comme elle a quitté la pièce pour aller se maquiller, j'en profite pour le casser et découvrir ce qu'il y a dedans. Je découvre quelques pinceaux de maquillage, des dessins, un bracelet cassé et... une photo.

Une photo sur laquelle on peut voir Eeva en compagnie d'un homme d'à peu près son âge, qui semble être celui de la vidéo avec lequel elle avait été vue. Sur leurs deux bras, ils affichent fièrement un tatouage « Ad Vitam » qui signifie « À Vie » en latin. Je souffle un coup et déchire la photo en deux. Je n'ai pas besoin d'en savoir plus. J'avais remarqué ce tatouage peu après notre mariage et elle m'avait confié ne pas se souvenir de l'avoir fait. Je ne l'avais pas cru, mais maintenant je commence à penser qu'elle disait sans doute la vérité.

Après la photo, je trouve un petit carnet, verrouillé par un cadenas lui aussi. Je le casse en cinq secondes et commence à le lire. Si j'en crois la date écrite en haut de chaque page, elle a écrit cela il y a cinq ans, à quinze ans.

*« Je n'ai jamais fait ça avant, écrire un journal. Ma mère m'a dit que ça pourrait être bien pour pouvoir laisser une trace de mon passage sur Terre et aussi simplement pour me souvenir de jolies choses. Il y a ce garçon que j'ai rencontré à une réception... il est âgé de quelques années de plus que moi mais ça se voit à peine. Il s'appelle Aksel Nilsen, et je crois qu'il a flashé sur moi. Il n'arrête pas de me regarder et si je m'écoutais, je le laisserais arracher mes fringues et me... »*

Je ferme le carnet avant de lire la fin. Si ce mec est celui de la vidéo, alors ça veut dire qu'elle est restée longtemps avec lui, environ cinq ans.

Lorsqu'elle débarque dans la chambre, je le lui tends.

- Ça te fera peut-être revenir quelques souvenirs en mémoire.

Elle le prend tout en fronçant les sourcils.

- Pourquoi est-ce que tu fouilles dans mes affaires ?
- Je suis tombé dessus par hasard.
- Et les deux cadenas que tu as cassé pour pouvoir le lire c'était du hasard également ?

Je hausse les épaules et elle secoue la tête. Malgré tout, elle l'ouvre et commence à le lire attentivement.

- Effectivement, ce nom ne m'est pas inconnu, dit-elle. En revanche, je serais incapable de dire d'où il vient ou même qui le porte.
- Il faudra faire des recherches sur ce fameux Aksel Nilsen. J'irai interroger plusieurs de mes hommes et les tiens.

Elle secoue la tête.

- Les miens sont aussi ceux de mon père, et ils lui sont fidèles. Si jamais il est impliqué dans le traumatisme qui m'a fait perdre la mémoire comme ma vision de ce matin me laisse à croire, alors il leur aura déjà dit de ne rien dire. Crois-moi, si mon père veut que quelqu'un cesse d'exister, il sait comment se débrouiller.

- Ouais, tu n'as pas tort.

Elle vient s'asseoir sur son lit tout en me détaillant.

- Et si on allait manger pour se changer les idées ? propose-t-elle.

J'acquiesce.

- Ça, c'est une bonne idée.

Nous sortons donc de la chambre et passons les portes du manoir pour pouvoir nous rendre à un restaurant pas loin, accompagnés de deux hommes fidèles à la mafia.

Nous allons dans un italien et commandons deux pizzas. Je ne pense pas qu'Eeva va finir la sienne mais au moins, elle ne commande plus une salade comme elle le faisait avant.

- Il faudrait lire la suite de ton journal, je lance.

Elle acquiesce.

- Je préférerais le lire toute seule si ça ne te dérange pas.

Je réfléchis deux secondes. En soi, je comprends qu'il y ait certaines choses de son passé dont elle ne souhaite pas forcément parler, comme ses phases boulimiques.

Lorsque les plats arrivent, nous commençons à manger dans le calme. Elle rend un hommage à sa mère en levant son verre alors je l'accompagne en faisant de même.

- Tu sais Elías, je ne te le dis jamais mais je te remercie du soutien que tu m'apportes. Ces dernières années ont été vraiment très éprouvantes et je suis contente d'avoir ton épaule sur laquelle m'appuyer.
- C'est normal.

Elle hoche la tête avant de fuir mon regard.

- Tu sais, je t'apprécie réellement, dit-elle.
- Ouais, je m'aime plutôt bien aussi.

Un sourire lui échappe, et elle regarde les trois quarts de pizza qu'il lui reste avec dégoût.

- Je n'ai plus faim, remarque-t-elle.
- Ok, on n'a qu'à y aller.

Nous sortons donc du restaurant après que j'ai payé er rentrons au manoir. Pendant le trajet, elle s'endort sur moi alors pour ne pas la réveiller, je la porte jusqu'à sa chambre puis pars m'enfermer seul dans la salle de bain pour prendre mon médicament, de l'halopéridol. Ce sont des antipsychotiques. Depuis la crise que j'ai fait le soir où j'ai vengé Eeva dans le bar, j'ai l'impression de ne plus tout le temps avoir toute ma tête. Et ça, ça commence à me faire peur, car je sais à quoi on ressemble lorsqu'on laisse la maladie nous ronger, mon père en est le parfait exemple...

# Chapitre 24

**Eeva**

En pleine nuit, un bruit sourd me réveille. J'ouvre les yeux et vois Elías en train de dormir à côté de moi. Un autre bruit retentit, et je comprends que ça vient de ma fenêtre. Je m'en approche donc à pas de loups et mon cœur loupe un battement lorsque je vois dans le jardin un homme armé d'une mitraillette tirer sur mon père. Je porte mes mains à mes lèvres en étouffant un cri tout en reculant de quelques pas. Je me cogne contre le torse d'Elías qui s'était approché de moi et sursaute en me tournant vers lui.

- Qu'est-ce qu'il y a ?? demande-t-il.
- M... mon père...

Il fronce les sourcils et part voir à la fenêtre. Immédiatement, son visage change d'expression.

- Merde, murmure-t-il.
- Ils viennent pour moi... je lance alors que des larmes commencent à couler le long de mes joues.
- Pas forcément, Eeva.
- Mais si... la fusillade, la tentative d'empoisonnement, les menaces... ils... ils viennent pour moi... je m'étouffe entre deux sanglots.

Il soupire et attrape deux sweats. Il m'en laisse un et me somme de le mettre.

- On va devoir s'enfuir, et j'aimerais autant qu'on évite de mourir d'hypothermie, dit-il.

Je hoche la tête en continuant à pleurer.

- Il va falloir sauter. Tu vas pouvoir le faire ?

J'écarquille les yeux.

- Mais t'es malade ou quoi ?? Il doit y avoir au moins quatre mètres de hauteur !
- Pas si on atteint la véranda du dessous.
- Mais...
- Eeva, c'est soit ça, soit on crève.

Une peur panique s'empare de moi.

- Je passe le premier, tu n'as qu'à me rejoindre après.

Les larmes inondent mes joues tandis qu'il ouvre la fenêtre et commence à passer par-dessus le balcon.

- J'y vais à trois... dit-il. Un, deux, trois.

Et le voilà qui se laisse tomber. Il atterrit sur la véranda dans un bruit sourd puis se laisse tomber sur le sol. J'entends un gémissement de douleur lui échapper.

- Allez Eeva, à toi.

Tout en tremblant, je m'approche du balcon et passe par-dessus. Une fois au-dessus du vide, je commence à paniquer. Je sens ma respiration s'accélérer et ma vision se flouter. Je suis en train de faire une crise d'anxiété.

- Je... je ne peux pas...
- Si, tu le peux ! Fais confiance en ton corps !
- Mais je ne lui fais pas confiance ! Je le déteste, il me rend faible et misérable !
- Saute Eeva ! Je te fais un compte à rebours ! Un...

Les battements de mon cœur accélèrent. Je ne vais pas y parvenir.

- Deux...

Mais soudain, la porte de ma chambre s'ouvre à la volée sur un homme armé. « Elle est là » sont les derniers mots que j'entends avant de lâcher prise et de me laisser tomber dans le vide. Mon corps atterrit sur la véranda dans un bruit sourd et mes côtes me font mal. Je me précipite au bord de la véranda et aperçois Elías, qui tend ses bras.

- Je te rattrape, dépêche-toi !

Sans réfléchir plus longtemps, je saute en fermant les yeux. Mais heureusement, il parvient en effet à me rattraper et me repose sur terre.

- On se casse de là ! lance-t-il en m'emmenant en courant vers le garage.

Il sort une clé de son sweat et déverrouille une Porsche Panamera grise. Nous montons dedans et il appuie à fond sur la pédale de démarrage. Un homme vient en travers de notre chemin, mais il l'écrase. Ensuite, il ne quitte plus la route du regard. Nous la rejoignons rapidement et il roule excessivement vite pour ne laisser aucune chance à nos ennemis de nous rattraper. Des sanglots s'emparent de moi au moment où je réalise que je viens de perdre le dernier membre de ma famille proche. Je ne vais plus réussir à tenir. Mentalement, je suis au plus bas.

- Qu'est-ce qu'on va faire, Elías ?
- Je n'en sais rien... pour l'instant on roule, on verra bien où ça nous mènera.
- J'ai peur...
- Et tu as toutes les raisons du monde d'avoir peur. Mais maintenant nous nous éloignons du danger, ok ? Ça va le faire, on va s'en sortir et on finira par attraper celui qui cherche à te faire tuer depuis le début de notre mariage.
- Mais si nous n'y parvenons pas et qu'il atteint son but le premier ?

Un silence s'installe.

- Non, il n'y arrivera pas. Je ne le laisserai jamais faire.

Un énième sanglot m'échappe tandis qu'une douleur me prend au ventre. Un grognement de douleur m'échappe tandis que je me penche en avant.

- Qu'est-ce qu'il y a ? Tu t'es cassée un truc en tombant ?!?
- Je... je n'en sais rien je...

Mais je me tais lorsque je comprends ce qui est en train de se passer. À travers mon short de pyjama et entre mes jambes, je vois une quantité anormale de sang commencer à s'étaler. Je suis en train de faire une fausse couche.


**Elías**

Elle garde le silence anormalement longtemps alors je tourne le regard vers elle.

- Eeva ?

Elle fixe la route sans rien dire.

- Oh, qu'est-ce qu'il y a ??
- Je... je crois que je suis en train de perdre notre enfant...
- Quoi ??
- Je suis... j'étais enceinte, et je suis en train de... de perdre le bébé.

Je jette un coup d'œil à son entrejambe. Merde !

- Je vais t'emmener à l'hôpital, je lance.
- Non, on ne peut... ah !

Elle se plie en deux tandis qu'une douleur semble s'emparer d'elle.

- J'ai mal... murmure-t-elle.
- Je dois t'y emmener ! Peu importe si on nous retrouve, tu as besoin de soins !
- Je préfère mourir à la perte de notre enfant plutôt que des mains de celui qui me veut du mal !

Je ne lui réponds pas mais je sais déjà ce que je vais faire. Il est hors de question que je la laisse souffrir. C'est ma femme, et je suis le chef de la mafia. Mon rôle est de la protéger quoi qu'il en coûte. Alors, je cherche l'hôpital le plus proche sur mon téléphone et m'y dirige.

Une trentaine de minutes plus tard, nous y parvenons. Je l'aide à sortir de la voiture et l'emmène à l'intérieur. Ils la prennent immédiatement en charge et me demandent d'attendre dans la salle réservée à cet effet. Il n'y a pratiquement personne, seulement moi et un vieux qui tente de lire un journal écrit en tout petit. Je commence à tourner en rond et décide alors de prévenir ma famille. Un téléphone fixe est mis à la disposition des visiteurs alors je m'en empare et compose le numéro de ma mère. Elle décroche au bout de la cinquième sonnerie.

- Oui ?
- Maman ?
- Elías ? Pourquoi tu m'appelles d'un numéro inconnu ?
- Je suis à l'hôpital. Le manoir du père d'Eeva s'est fait attaquer et il s'est fait tuer juste sous ses yeux. Nous nous sommes enfuis mais lorsque nous étions en route, elle a fait une fausse couche.

Un silence me répond au bout du fil. Alors, je poursuis.

- Je l'ai emmené à l'hôpital et ils sont en train de s'occuper d'elle. Je ne sais pas combien de temps ça va prendre mais je suis vraiment en train de flipper, là !
- Elías, Elías, calme-toi. Une fausse couche, on a plus de chance d'y survivre que d'y rester. Quand ils en auront terminé avec elle, Eeva aura besoin de ton soutien et pas que tu sois brusque alors prends un verre d'eau et essaye de te calmer, ok ? Je vais te faire envoyer un jet privé sur le toit de l'hôpital où tu te situes, ok ?

Je soupire tout en fermant les yeux.

- Oui. Merci. On est au Volvat Medisinske Senter.
- Très bien, je vais raccrocher pour aller contacter le pilote. Mais si jamais il y a un souci, tente de me rappeler.
- Entendu.

Et nous raccrochons. Je fais comme ma mère me l'a dit, je me prends un verre d'eau et m'assois. Ma respiration s'accélère contre mon gré et je ne peux empêcher une grande nervosité de m'envahir. Je ne veux pas la perdre. S'il lui arrivait quelque chose, je perdrais ma coéquipière de jeu, de provocation, de sexe, de clash... et je ne pourrais pas le supporter.

Maintenant que je suis posé, je prends le temps de réfléchir à ce qu'il vient de se passer. Elle a fait une fausse couche. Ça veut donc dire qu'elle était enceinte. Et étrangement, cette nouveauté ne m'aurait pas déplu. Bien sûr, ça aurait été très tôt pour nous pour avoir un enfant, mais un être entre la femme qui partage ma vie et moi aurait plutôt été une bonne nouvelle.

Pendant les trois quarts d'heure qui suivent, je tape nerveusement du pied sur le sol, assis sur une chaise peu confortable. Puis, un homme en blouse blanche arrive et m'appelle. Je le suis dans les couloirs sans rien dire et il me mène jusqu'à la porte de la chambre d'Eeva. Je l'ouvre et la referme vite, puis m'approche d'elle. Elle est à peine réveillée, ils ont dû la bourrer de tranquillisants.

- Comment tu te sens ?
- Nauséeuse.

Un rictus se dessine sur mes lèvres.

- C'est fini, Eeva. Ma mère a fait envoyer un jet, on rentre en Finlande dans la journée.

Elle hoche lentement la tête.

- Je... n'aurais même pas pu dire au revoir à ma mère correctement.

Un soupire m'échappe.

- On lui rendra un vrai hommage une fois rentrés au manoir de Carita. Ce n'est pas la même chose, mais nous ne pouvons faire autrement.

Une larme solitaire roule le long de sa joue et elle ne dit plus rien. Puis, lentement, je sens sa main venir se blottir dans la mienne. Alors, je la serre assez fort pour lui montrer que je suis là et qu'elle peut compter sur moi. Je vais essayer de la protéger et de prendre soin d'elle, elle le mérite amplement. Tout ce dont elle a été victime depuis notre mariage, ça fait beaucoup à supporter, même pour une mafieuse. Et je commence à avoir peur qu'elle ne songe à faire une quelconque connerie pour mettre fin à tout le malheur qui l'entoure.

- Eeva ? je l'interpelle. Tu me le dirais si jamais des idées noires te traversaient l'esprit ?

Un silence me répond.

- Eeva ?

Et puis en la regardant, je comprends qu'elle s'est endormie. Alors, je lâche sa main et ferme les yeux à mon tour, puis m'assois sur la chaise proche de son lit. Et c'est là que je finis par m'endormir.

# Chapitre 25

Lorsque je me réveille, il est sept heures du matin et il fait encore nuit. Je décide donc d'aller chercher du café dans une de leur machine dégueulasse pour qu'Eeva puisse en avoir à son réveil. Mais avant que je ne passe le pas de la porte, on m'interpelle.

- Elías ?

Elle s'est réveillée. Je m'approche d'elle.

- Tu vas où ? me demande-t-elle alors.
- Chercher des cafés.

Elle hoche la tête.

- Et au fait... j'ai eu une autre vision quand nous sommes arrivés à l'hôpital hier soir.
- C'était quoi ?
- Je me voyais m'y rendre, couverte de sang. Et j'avais l'air... paniquée, même morte d'inquiétude et... j'avais beaucoup de chagrin.

Je hoche lentement la tête.

- Je vais chercher les cafés et on en rediscute après, d'accord ?

C'est à son tour de hocher la tête. Son pauvre visage paraît si épuisé. En revanche, elle est toujours aussi belle. Ses lèvres sont toujours aussi roses et aussi tentantes. Ses yeux sont toujours brillants mais plus si pleins de vie comme avant.

Au moment où je m'approche de la porte pour sortir, elle m'interpelle à nouveau.

- Quoi ?
- Merci. Merci d'être là pour moi depuis le début et d'avoir pris soin de moi.

Je lui envoie un léger sourire.

-   Qu'est-ce que je ferais sans toi ? je lance ironiquement avant de quitter la pièce.

Je l'entends échapper un petit rire, et je me demande si je prononçais cette question rhétorique réellement ironiquement.

Je traverse le couloir déjà plein de vie si tôt le matin, et descends un étage pour accéder à la machine, puisque celle de l'étage d'Eeva est en panne.

Je prends deux cafés après avoir quémandé des pièces comme un abruti, et bien évidemment la machine ne fonctionne que pour l'un des cafés. Alors, je descends encore d'un étage pour trouver une machine qui fonctionne. Tant pis, je prendrai le café froid.

Cette fois-ci, la machine fonctionne et j'obtiens mon deuxième café. Je remonte les deux escaliers jusqu'à l'étage d'Eeva mais un mauvais pressentiment s'empare alors de moi. Je me dépêche donc de remonter et en arrivant à l'étage, un silence inquiétant règne. Je pose les cafés et m'empare immédiatement de mon arme. Je rentre prudemment à l'intérieur du couloir, et c'est là que j'aperçois une mare de sang... je m'en approche et observe le cadavre d'une infirmière. Derrière elle, il y en a deux autres. Et plus j'avance dans le couloir désert de vie, plus les corps inertes et le sang se multiplient.

-   Merde !

Cette fois-ci, je me précipite en courant vers la chambre d'Eeva. Mais comme je m'y attendais, elle n'est plus là. Il n'y a pas de sang dans son lit, alors un mince espoir réside en moi. Elle est peut-être toujours en vie. Ou alors, ses kidnappeurs ont prévu de la tuer ailleurs ou plus tard.

-   Putain ! je m'exclame en balançant mon arme contre le mur d'en face.

Elle explose en dizaines de morceaux au sol. Ma mâchoire se serre et je me dépêche de sortir de la chambre ainsi que de l'hôpital pour espérer tomber sur elle et ses ravisseurs. Je ne sais absolument pas quoi faire. Elle n'a pas de téléphone et je n'ai donc aucun moyen de la localiser.

Je descends les trois étages à pied et une fois à l'extérieur, il n'y a absolument rien. Rien de plus qu'à notre arrivée, rien de plus qu'à notre départ. Alors, je me laisse tomber sur le sol, assis par terre, et réfléchis.

C'est forcément cet ennemi qui lui cherche du mal depuis le début de notre mariage qui l'a soit kidnappé, soit fait kidnapper. La première chose que je trouve à faire, c'est retourner à l'intérieur de l'hôpital pour appeler ma mère.

-   Elías ? Il va falloir que tu perdes l'habitude de m'appeler à des heures incongrues j'ai...
-   Eeva s'est faite kidnapper, je la coupe.
-   Quoi ??
-   J'ai quitté la chambre cinq minutes pour aller nous chercher des cafés, et quand

je suis revenu elle n'était plus là. Tout le personnel hospitalier de l'étage a été tué.

Je l'entends respirer à l'autre bout du fil, mais elle ne dit rien.

- Maman ? Je fais quoi ?
- J'aimerais bien te donner une solution, Elías. Mais je n'en ai pas.

J'envoie le téléphone dans le mur, et il se casse. Je glisse contre ce même mur juste après en passant frénétiquement mes mains dans mes cheveux. Qu'est-ce qu'il s'est passé ? Est-ce qu'elle est encore en vie ? Qu'est-ce qu'il compte lui faire ? Est-ce que je vais la revoir un jour ?

Ma respiration commence à s'accélérer et je n'arrive plus à réfléchir correctement. Je vais les retrouver et si jamais je n'y parviens pas, Eeva réussira à s'enfuir et elle me dira où les trouver pour que je les fasse tous mourir dans d'atroces souffrances. Si un seul de ses cheveux est touché, je vais péter un câble.

Si elle meurt, ça sera de ma faute. Je lui ai promis de la protéger et je n'ai jamais réussi à le faire.


## Eeva

- Elle se réveille. Il va être content, on ne l'a pas amoché. Il aura le plaisir de le faire lui-même.

J'ouvre péniblement les yeux. Je suis dans un camion blindé en train de rouler et quatre hommes m'entourent. Je me recule instantanément contre le côté le plus proche et ils commencent à rire.

- Ne t'en fais pas beauté, on ne te fera rien. Ce n'est pas notre job.
- Mais qui est-ce que vous êtes ??

Je me souviens que celui qui vient de me parler est entré dans ma chambre et m'a mis une seringue dans le bras. Après ça, j'ai perdu connaissance.

- Tu comprendras tout de suite en voyant le patron.
- Putain mais quel patron ??

Aucun ne répond, et mon ventre commence à me faire mal.

- Répondez bande d'enfoiré sinon je...
- Tu vas faire quoi, exactement ? poursuit celui qui m'a drogué.
- Je vais tous vous tuer.

Ils se mettent alors à rire.

- Nous on n'est pas ton ex, tu ne nous tues pas comme une vulgaire dinde qu'on va cuisiner pour Thanksgiving.

Ils rient à nouveau tandis que ses paroles reviennent en boucle dans ma tête. Comment

146

ça, « on n'est pas ton ex » ? Qu'est-ce que j'ai bien pu faire à mon ex ??

Lorsque le camion s'arrête, dix minutes plus tard, on me sort de force en me tenant fermement par les bras et j'aperçois un manoir, mais pas n'importe quel manoir. J'ai le sentiment que j'ai habité dans ce manoir. Je le connais, il m'est familier.

- Le patron m'a dit de l'enfermer dans la cave et de l'attacher. Il la retrouvera là-bas.

Tandis que je continue de me débattre, ils m'emmènent. Ils me font passer par la porte d'entrée et tout l'intérieur me paraît familier, de la table en bois de l'entrée ou du grand lustre en perles blanches.

Tandis que nous traversons les couloirs, je croise de nombreux objets que je sais connaître. Malheureusement, on arrive bien rapidement à la cave et ils m'y attachent avant de partir et de me laisser toute seule pendant que je les insulte de tous les noms possibles et même imaginaires.

Ma solitude ne dure que deux petites minutes, puisque la porte s'ouvre à nouveau. Et lorsque je vois apparaître cet homme devant moi, tout me revient instantanément comme si je ne l'avais jamais oublié.


*Quelques mois plus tôt*

- *C'est le seul moyen pour nous de gagner en reconnaissance, Eeva ! C'est décidé, tu épouseras Elías Mulligan !*

*Il est complètement fou, je ne peux pas faire ça !*

- *C'est hors de question ! J'aime Aksel ! Tu ne peux pas m'obliger à faire ça !*

*Je tremble, les larmes inondent mes joues et j'ai l'impression que je ne parviendrai jamais à me relever.*

- *Si, il le faut ! Tue-le !*

*Je lance un regard pétrifié à Aksel, l'homme que j'aime qui est ligoté et bâillonné a une chaise dans le fond de la cave. Mon père veut que je le tue pour pouvoir épouser Elías, le futur chef de la mafia finlandaise qui a révélé il y a deux jours qu'il était à la recherche d'une femme pour pouvoir devenir le nouveau chef.*

- *Tu ne sortiras pas d'ici tant que tu ne l'auras pas tué !*

*Il m'a enfermé dans une pièce avec lui-même et Aksel pour me forcer à l'assassiner. Il dit que c'est le seul moyen de mériter ma place auprès d'Elías, mais je ne la veux pas !*

- *Mais pourquoi est-ce que tu m'obliges à faire ça ?!*
- *Regarde-toi deux secondes, Eeva ! Tu es trop grosse, tu dégoûtes les hommes, ça sera ton seul moyen de te démarquer dans la vie !*

*Je secoue la tête et les larmes reviennent. Je suis faible. Parler de mon poids est mon point faible, et il le sait parfaitement.*

- Si les hommes te regardent, c'est seulement pour se moquer de toi !
- Non ! je m'exclame.

*Malgré moi, je lève le couteau que j'ai en main et regarde Aksel. Je secoue frénétiquement la tête.*

- Mais pourquoi est-ce que je dois le tuer !? Pourquoi c'est à moi de le faire !?
- Rester avec lui, c'est lui faire honte. Tu veux vraiment faire honte à ton petit ami en te montrant avec lui, grosse comme tu es ?? En plus, tu dois t'endurcir, et c'est le seul moyen pour que tu y parviennes !

*Je secoue la tête en pleurant. C'est vrai, je dois faire honte à Aksel. Je ne le mérite pas.*

- Je ne peux pas faire ça. Je l'aime !
- Et tu vas lui faire honte toute ta vie si tu continues ainsi !

*Je m'approche lentement d'Aksel, mais celui-ci se fait tomber en arrière et parvient à se dégager de ses liens. Alors, je m'assois rapidement à califourchon sur lui et lève l'arme en l'air, tandis que des larmes coulent le long de mon visage.*

- Fais-le, Eeva ! Tu veux continuer à me faire honte, à lui faire honte, à déshonorer la Norvège !??

*Alors brusquement, j'abats le couteau en plein dans le cœur d'Aksel. Il n'aura plus à souffrir de vivre avec une fille comme moi. Mon père a raison, je suis trop grosse et même s'il ne l'aurait jamais reconnu, je dois probablement lui faire honte. Je m'effondre sur le cadavre de mon défunt petit ami en pleurant, tandis que mon père s'approche de moi et me relève.*

- Dégagez-moi ça de là, dit-il à ses hommes qu'il vient de faire rentrer.

*Et les voilà qui emportent le corps de mon premier amour, emportant mon cœur par la même occasion.*

- Non ! je hurle.

*Je n'ai même pas le temps de lui faire mes adieux. Il est mort. Je l'ai tué.*

- Allez va te changer, dit mon père en me sortant brusquement de la salle.

*Je m'exécute et ma respiration s'accélère. Je vois flou. Je sais simplement que je suis couverte du sang de mon petit ami que je viens d'assassiner.*

*Lorsque je pénètre ma chambre, la première chose que je fais, c'est m'emparer de mon rasoir. Et là, je commence à gratter ma peau avec. Le sang commence à couler et je souffre, mais la douleur physique n'est rien comparée à la douleur mentale. Je m'ouvre les bras et l'intérieur des jambes, puis je m'effondre dans la salle de bain. Il y a du sang partout. Je ne veux plus rien ressentir. Rien ne va. Mon cœur va me lâcher. Je veux mourir avec Aksel. Je continue à m'ouvrir les veines et petit à petit, ma vision s'assombrit. Je ne ressens plus rien. Ça y est, c'est la fin.*

**

*Je me réveille avec peine et la lumière m'aveugle. Pourquoi suis-je à l'hôpital ? J'aperçois ma main et fronce les sourcils. Un gros bandage l'entoure, mais je ne sais pas d'où ça vient, je suis incapable de m'en souvenir. D'ailleurs, c'est exactement la même chose pour l'intérieur de mes cuisses. J'ai dû tomber et m'ouvrir, ça m'arrive plutôt souvent. Puis, j'aperçois un tatouage sur mon bras, "Ad Vitam". Tiens, je ne me rappelle plus avoir fait ça. J'ai sans doute pris une trop grosse cuite hier soir.*

*Soudain, mes parents entrent dans la chambre, ma mère arbore un grand sourire sur son visage.*

- *Où sommes-nous ? je demande alors.*
- *Ma chérie, j'ai une excellente nouvelle à t'annoncer. Nous sommes en Finlande, et dans quelques jours tu vas devenir la première femme de la mafia finlandaise. Tu vas te marier à Elías Mulligan, le futur chef de la mafia finlandaise.*

# *Chapitre 26*

*Retour au présent*

L'homme en face de moi est Sander, et il est le grand frère d'Aksel. Choquée par tout ce dont je viens de me souvenir, je ne relève même pas sa présence. Alors j'ai tué mon ancien petit ami parce que mon père a réussi à m'en convaincre en me parlant de mes troubles alimentaires. Je n'étais même pas en surpoids, je faisais à peine cinq kilos de plus que mon poids actuel.

- Tu as tué mon frère, retentit soudain la voix de Sander.
- Je... c'est mon père qui m'y a forcé...
- Je sais. C'est pour ça que je l'ai fait tuer. Cependant, c'est bien toi qui tenais le couteau.
- J'étais influençable !

Je me mordais les lèvres pour m'empêcher d'éclater en sanglots.

- Et ça ne change rien, tu as tué mon frère ! hurle-t-il soudain en s'approchant de moi et en me giflant. Et je vais te faire souffrir autant que tu m'as fait souffrir de sa perte.
- Sander...
- Ferme ta gueule !

Et il me gifle à nouveau. Ça fait mal, mais je ne veux pas lui donner le plaisir de me voir souffrir.

- Je comprends que tu m'en veuilles, mais il n'y aurait pas moyen de trouver un point d'entente ?
- Ouvre encore une fois ta gueule et je te jure que je te couds la bouche.

Je me tais instantanément, et une larme solitaire vient rouler le long de ma joue. Je suis attachée par les deux mains à une chaîne accrochée au mur, il est donc impossible pour moi de tenter une évasion.

- Ma très belle Eeva... je vois que tu es moins obéissante qu'avant. Est-ce que tu tuerais Elías, si ton père te le demandait ?
- Ça va être compliqué maintenant qu'il est mort, je grommelle entre mes dents.

Un rire lui échappe tandis qu'il se rapproche de moi et saisit ma mâchoire.

- Je ne te toucherais pas car tu étais l'amour de mon frère, en revanche je vais me faire un sacré plaisir à te torturer de toutes les manières possibles et imaginables.

Un frisson s'empare de mon corps. Sander était si gentil, avant... il me faisait rire et on avait même déjà partagé une bouteille de rhum ensemble, lors d'une réception qu'on avait dû écourter parce qu'Aksel avait trop bu.

- Par quoi est-ce que je peux bien commencer... ? fait-il en réfléchissant. Je sais ! Dis-moi, tu n'as pas peur des piqûres j'espère ?

Il s'éloigne de moi tandis que je lui lance un regard méfiant. Lorsqu'il revient, je le vois avec une seringue dans les mains.

- Ceci contient du GHB, pour que je puisse te torturer sans que tu n'opposes beaucoup de résistance. Et ensuite, je laisserai le plaisir à mes hommes de faire ce qu'ils veulent de toi.

Un autre frisson parcourt mon corps. J'ai peur de ce qu'il va se passer. J'espère avoir mal interprété sa dernière phrase. Il me plante la seringue dans le bras et, impuissante, je m'affale sur le sol tout en pleurant. Je me sens si faible et si misérable, comme ce jour où ces hommes m'ont agressé pour pouvoir me voler mon collier, comme ce jour où il y a eu une fusillade destinée à me tuer et que je suis restée totalement pétrifiée en implorant Elías de me protéger...

Petit à petit, la drogue fait son effet et je ne suis quasiment plus capable de faire quoi que ce soit. Le moindre mouvement me paraît infaisable ou très compliqué à exécuter.

- J'ai entendu dire que le cher papa de ton nouveau mari avait écrit quelques petites lettres sur le ventre de sa femme de son vivant... ça ne te dérange pas que je te fasse la même chose ? Oh, question rhétorique, c'est ce que je compte faire.

Et tandis qu'il s'approche de moi avec un couteau, j'aimerais crier, j'aimerais hurler, mais j'en suis incapable. Lorsqu'il enfonce le bout du couteau dans ma peau, mes yeux me piquent et mes larmes coulent toutes seules. Je ne peux rien faire à part le regarder écrire un « P » sur mon bras. Je saigne vraiment beaucoup, et le supplice ne fait que commencer. Il enfonce à nouveau le couteau dans ma peau pour y graver un « U », qui me fait redoubler de souffrance. Puis il enchaîne les deux autres lettres en me gravant un « T » et un « E ». Lorsqu'il a fini, il laisse bien évidemment mon bras saigner sans rien faire pour empêcher cela. Je le supplie du regard, mais cela ne l'attendrît en aucun cas et ne lui donne encore moins des remords.

Puis, il pianote sur son téléphone et quelques secondes plus tard, les quatre hommes qui m'ont enlevé débarquent. Un sourire sadique se dessine sur les lèvres de Sander tandis qu'ils prononcent les mots suivants :

- Amusez-vous bien.

Et il quitte la pièce. Mon cœur commence alors immédiatement à tambouriner dans ma poitrine tandis qu'ils s'approchent de moi. Je ne parviens pas à me débattre, je suis obligée de sentir leurs mains immondes se poser sur moi avec des lueurs perverses dans leurs regards.

- Allez, on la déshabille.

Je vais vomir, je le sens. Mes yeux sont à deux doigts de convulser et mon corps est pris de tremblements involontaires.

Et tandis que j'aimerais mourir ou même les tuer à mains nues ou encore disparaître de la surface de la Terre, ils se ruent sur moi et ne me laissent sans aucun espoir...


*Quelques jours plus tard...*

Souillée, utilisée, détruite, voilà comment je me sens actuellement. Je me sens également vide.

Aujourd'hui ça fait trois jours. Trois jours que j'ai été violée par les hommes de main de Sander, et je n'arrive pas à m'en remettre. Je ne mange même plus les faibles repas qu'il m'apporte. Je ne peux plus le regarder droit dans les yeux. Il a dit qu'il me relâcherait dans quelques jours, le temps que la souffrance s'incruste profondément en moi. Mais elle est déjà présente et bien ancrée. Il ne compte pas me tuer pour le simple plaisir de me savoir souffrante mais forcée de reprendre ma vie. Je n'ai plus envie que d'une seule chose : arrêter de penser. Arrêter de ressasser ce qu'il s'est passé comme si je pouvais y changer quoi que ce soit.

C'est arrivé, voilà. Ça me laissera très probablement des nouveaux traumatismes mais si jamais cela arrive, je ne souhaite pas oublier leur origine. J'ai trop souffert de vivre dans le déni de ce qu'il s'était passé juste avant mon mariage, et maintenant ce n'est plus que de la douleur mentale que je ressens, mais aussi physique. J'ai l'impression qu'on a déchiré mon âme juste pour le plaisir de me voir perdue, désorientée et dans le brouillard.

J'ai besoin d'Elías. Je ne sais pas si je serai apte ou non à le regarder droit dans les yeux ou même à ravoir le moindre contact physique avec lui quand je le retrouverai, mais je sais qu'être avec lui me fera du bien, ça me soulagera en quelques sortes.

Je vomis chaque jour depuis que c'est arrivé, et même plusieurs fois par jour. Je n'arrive plus à dormir car dès que je ferme les yeux, le moindre bruit m'inquiète et me fait penser qu'ils vont revenir.

On ne m'a pas apporté de quoi me changer. J'ai du sang séché entre les cuisses et mon entrejambe me pique car ils n'y sont pas allés en douceur. La peur d'attraper des infections ou même de tomber enceinte de l'un de ces porcs ne m'aide pas à aller mieux. J'essaye sincèrement de penser positif et de me dire que dans quelques jours je reverrai Elías, mais ça ne change rien. Je n'ai qu'une envie, m'enfermer dans une pièce verrouillée dont je serais la seule à posséder la clé de son cadenas.

J'ai peur, j'ai froid et le silence m'effraie presque autant qu'il me rassure. J'ai peur qu'il y ait des bêtes, d'attraper des maladies, et de mourir... c'est comme un tunnel dont on ne voit pas la fin. On sait pourtant qu'il y en a une, mais on ne sait ni quand ni à quel détour nous la croiserons. Et surtout, on ne sait pas par quel moyen nous l'atteindrons. Vivre n'est peut-être pas la meilleure des solutions à présent, je m'en rends compte.

Je voudrais hurler, appeler à l'aide, mais je ne ferais qu'user de ma voix pour rien. Personne à part ces monstres qui habitent au-dessus ne m'entendront. Et il est hors de question que je leur laisse à nouveau la moindre chance de profiter de mon corps.

Les lettres que Sander a gravé sur ma peau ont mal cicatrisé. Elles ne forment pas de croûtes et saignent constamment, j'ai même peur que ma chair ne commence à pourrir. Je dégage une odeur désagréable et je sens que ma peau s'assèche de plus en plus à force de vivre dans cet endroit très sec.

Lorsque j'entends la porte se déverrouiller, je me blottis dans le fond de la cave avec mes vêtements tachés de je ne sais quelle immondice, et tente d'apercevoir dans la pénombre de qui il s'agit. C'est Sander.

- Alors ma belle Eeva, tu n'as toujours pas mangé ce que je t'ai ramené hier ?

Je ne lui réponds pas, alors il shoot dans l'assiette et me l'envoie en pleine figure, mais je ne dis toujours rien. Puis, il me balance une conserve dessus.

- Bouffe-ça si tu souhaites avoir une chance de survivre. Ça me ferait chier que tu parviennes à crever maintenant. Et vu le peu de chair qu'il te reste sur le corps, je pense que cette conserve te ferait prendre deux fois ton poids actuel si tu la mangeais.

Je détourne le regard tandis qu'il s'en va en rigolant. Lorsque la porte est refermée, je me jette sur la conserve. Comme d'habitude je l'ouvre, sens l'odeur de son contenu et une nausée me prend. Alors, je la balance plus loin. Elle sera infestée de fourmis d'ici peu. Je commence à m'y habituer. Parfois, j'en retrouve sur la plaie de mon bras, en train de s'emparer de mon sang ou de mes peaux mortes qui l'entourent.

Je ne peux rien faire. Même si je parvenais à tuer la moindre personne de ce manoir, je ne pourrais pas détacher mes deux bras attachés au mur. Même si je souhaitais mettre fin à mon supplice en abrégeant mes souffrances, je ne le pourrais pas. Et ça, Sander le sait bien. Il se délecte du spectacle de ma chute dans un gouffre si profond que je ne suis moi-même pas sûre de pouvoir un jour en sortir...

# Chapitre 27

**Elías**

Sept putains de jours. Aujourd'hui, ça fait sept jours qu'Eeva s'est faite enlever et je n'ai toujours trouvé aucune piste. Jour et nuit, je la cherche. J'aurais fait tout le tour de la Norvège que cela ne m'étonnerait même pas. J'ai regardé toutes les caméras de vidéosurveillance possibles et imaginables mais ça n'a rien donné.

- Arrête de tourner en rond tu me donnes le tournis, lance Carita du fond de la pièce.

À peine quelques heures après que j'ai prévenu ma mère de l'enlèvement d'Eeva, elle, Carita, Liris et Valtteri sont venus en Norvège. Ils m'ont aidé à la chercher mais n'ont également jamais rien trouvé. Je suis désespéré. Ça se trouve, elle est déjà morte à l'heure qu'il est. Je ne supporterais pas de la savoir sans vie. Petit à petit, je me suis habitué à sa présence et nous sommes rapidement devenus très complices. J'ai besoin d'elle autant qu'elle a besoin de moi.

Je n'ai même plus mon téléphone, que j'ai laissé à l'ancien manoir d'Eeva lorsque nous avons subi l'attaque en pleine nuit. Je n'ai plus aucune photo ou vidéo d'elle, et ça me rend malade. Je ne veux pas oublier à quoi elle ressemble, si jamais je ne la revoie plus jamais.

Le téléphone de ma mère vibre et elle décroche.

- Oui ?

Je ne sais pas ce que lui raconte la personne au bout du fil, mais l'expression que prend ma mère me fait immédiatement comprendre que c'est en rapport avec ma femme.

- Attends, calme-toi, calme-toi... où es-tu ?

Je la vois hocher la tête et tandis que je m'approche d'elle, les mots qu'elle prononce par la suite font repartir les battements de mon cœur qui s'étaient éteints ces sept derniers jours.

- D'accord Eeva, nous venons tout de suite te chercher.
- Où est-elle ?? je demande.
- Je n'ai pas tout compris, mais apparemment ses ravisseurs l'ont déposé devant l'hôpital où ils l'ont kidnappé.
- Je vais y aller. Seul.

Elle hoche la tête et pose sa main sur mon épaule.

- Elle avait réellement l'air dans un sale état au bout du fil... fais attention à elle.
- Oui. C'est prom... je ferai de mon mieux.

Il est temps que j'arrête de faire des promesses que je ne sais tenir. Elle hoche la tête et je prends immédiatement les clés d'une voiture louée par Carita pour me rendre à l'hôpital.

Je roule vite, même très vite sur la route. Je dépasse les 200 kilomètres par heure. Heureusement, je ne croise aucune police qui ne me ralentit et que j'aurais été obligé de tuer.

Lorsque j'arrive à côté de l'hôpital, je me gare et sors de la voiture. L'hôpital est sous scellé depuis le meurtre des aides-soignants qui étaient au même étage que celui d'Eeva. Il n'y a personne sur les lieux. Alors, je commence à l'appeler.

- Eeva ?

Aucune réponse. Alors je réitère, un peu plus fort cette fois.

- Eeva ??
- Elías ?

C'est à peine un chuchotement, mais je reconnais immédiatement la voix de mon épouse. Je me précipite dans sa direction et dès que je la vois, mon premier réflexe est de vouloir la prendre dans mes bras. Mais elle me stoppe brusquement en reculant de plusieurs pas. Je fronce immédiatement les sourcils et prends le temps de la détailler. Elle porte la même blouse d'hôpital qu'elle portait lorsqu'elle s'est faite kidnapper, et elle est maculée de sang à plusieurs endroits. Son regard est pétrifié, vide et surtout, elle semble avoir perdu espoir.

- Eeva ? Qu'est-ce qu'il s'est passé ?

Une larme coule le long de sa joue.

- On peut s'en aller d'ici, s'il te plaît ?

Je hoche la tête et nous retournons donc à la voiture. Elle monte, et s'installe à mon grand étonnement sur la banquette arrière. Je ne dis rien et la laisse prendre l'espace dont elle a besoin. Puis, je démarre et commence à rouler. Je fais attention à ne pas y aller trop vite pour ne pas la brusquer, mais elle ne semble même pas le remarquer.

Nous roulons depuis une dizaine de minutes lorsqu'elle s'exclame soudain :

-   Arrête-toi !

Alors je m'exécute sans trop poser de questions, et elle sort précipitamment de la voiture pour vomir. Elle ne vomit pas grand-chose, elle n'a sûrement pas beaucoup mangé durant sa détention.

Lorsqu'elle remonte, je remarque dans le rétroviseur qu'on lui a gravé « pute » sur le bras. Mes mains se serrent autour du volant. Si quelqu'un a pu lui faire une telle chose, alors je n'ose même pas imaginer ce qu'il a pu lui faire d'autre.

Lorsque nous arrivons devant la maison que ma mère a pris en location, je m'apprête à sortir mais Eeva m'arrête.

-   Je veux te raconter ce qu'il s'est passé, et après tu le diras aux membres de ta famille. Je ne me sens pas de le dire devant tous vos yeux observateurs et scrutateurs.

Je hoche la tête, et c'est alors qu'elle me raconte comment elle s'est souvenue de ce fameux événement traumatique qui a mené à la perte d'une partie de sa mémoire. Puis, elle me raconte comment Sander a gravé le mot « pute » sur son bras et enfin, elle fait une pause avant de me dire la suite. Mais lorsqu'elle reprend, je vois des sanglots couler sur son visage.

-   Ens... ensuite il a fait venir ses quatre hommes qui m'avaient kidnappé et... comme tu le sais j'étais drogué et... ils m'ont... ils m'ont violé.

Je me décompose instantanément à l'entente de sa phrase. Alors ils ont franchi *ce* pas. Une rage instantanée monte en moi tandis que je hoche la tête.

-   Je t'en prie, ne fais pas de bêtise, dit-elle.
-   Je vais localiser le téléphone de ce Sander grâce à son nom et à son prénom. Et lorsque je le retrouverai, je lui ferai subir à lui et à ses hommes un sort pire que l'enfer.

Elle ne semble même pas m'écouter. Elle a l'air perdu et semble très éloignée de la réalité, ce qui est sans doute la manière pour son cerveau de se détacher de cet événement traumatique qu'elle vient de subir.

Je sors de la voiture, puis ouvre sa portière et l'aide à sortir, bien que mon contact semble lui être plus douloureux qu'autre chose.

-   Ils seront morts avant le coucher du Soleil, je lui assure tout en rentrant dans la maison louée par ma mère.

Liris nous accueille et prend Eeva dans ses bras. Au moment où je m'apprête à lui dire de s'éloigner d'elle pour ne pas la brusquer, j'observe avec étonnement ma femme refermer son étreinte sur ma cousine. Le contact d'une femme lui est donc plus réconfortant que celui d'un homme en ce moment, ce que je peux comprendre.

- Occupe-toi d'elle, d'accord ? je lance à ma cousine avant de ressortir.

Je voudrais rester avec elle pour m'assurer de sa santé mentale ainsi que physique, mais si je laisse Sander et ses hommes filer, alors je n'aurais peut-être plus jamais l'occasion de la venger.

Je m'installe à nouveau derrière mon volant après que mon hacker m'ait envoyé l'adresse du téléphone de Sander. C'est à plus d'une heure d'ici, mais c'est loin de me démotiver.

Pendant tout le trajet, ma rage augmente à une vitesse phénoménale. Je veux faire souffrir ces enfoirés qui ont fait du mal à ma femme.

Lorsque j'arrive, c'est à peine si je me gare et je sors précipitamment de ma caisse. L'endroit qui m'accueille est un manoir sombre et en piteux état. Alors c'est ici que vivait l'ex petit ami d'Eeva qu'elle a tué, intéressant...

Je sais déjà comment m'y prendre pour tous les tuer. J'ouvre le coffre de ma voiture et en sors deux gros jerricans, l'un rempli d'acide et l'autre d'essence. Et je ne peux m'empêcher de penser que si mon père était là, il serait fier de moi, j'en suis persuadé. On m'en a tellement parlé que j'ai l'impression de le connaître.

Je commence à faire discrètement le tour du manoir, pour pouvoir chercher l'entrée d'eau qui abreuve toutes les pièces. Puis lorsque je tombe sur un gros tuyau relié à des canaux probablement souterrains, un sourire se dessine sur mes lèvres. Je l'ai trouvé. Je dévisse le gros tuyau et le laisse tomber au sol, ce qui fait que de l'eau s'en échappe et que je commence à patauger dans la boue. Tant pis. Je prends un premier jerrican et verse son contenu dans le réservoir d'eau. Puis lorsqu'il est vide, je verse le contenu du second. Lorsque c'est fait, je les balance un peu plus loin et retourne à mon point de départ, l'entrée du manoir. Je pense qu'ils ne doivent plus être beaucoup à vivre dedans, c'est la fin de leur dynastie. Dire que si Eeva n'avait pas tué son ex, je ne l'aurais jamais rencontré et mènerais une vie toute utre.

Il est temps de passer aux choses sérieuses. Je retourne jusqu'au coffre de ma voiture et en attrape une grenade. Mais avant de mettre mon plan à exécution, je prends le temps de jeter un coup d'œil aux caméras de surveillance de ce manoir, auxquelles j'ai accès grâce à mon hacker. Ils sont cinq hommes dans une même pièce, et à la description physique qu'Eeva m'a donné de certains d'entre eux, je réalise bien vite que ce sont eux, ses agresseurs.

Il y a certains hommes dans d'autres pièces qui seront des dommages collatéraux, et ils m'importent peu. Alors, je m'approche d'une fenêtre, casse un carreau d'un coup de poing, dégoupille la grenade et la balance à l'intérieur du manoir. Je pars ensuite le plus loin possible en courant, puis j'entends l'explosion. Et là, un sourire sadique se dessine sur mon visage tandis que je m'empare de mon téléphone. Grâce à mon hacker, j'ai accès aux distributions d'eaux du manoir. La grenade, ce n'était que l'apéritif. Et tandis que je les vois tous s'agiter sur les vidéosurveillances, j'active les extincteurs à eau.

Et lorsque je commence à entendre des cris de souffrance et que je les vois courir partout sur mon écran, je ne peux m'empêcher de sourire encore plus. L'eau que j'ai remplacée par de l'acide et de l'essence doit être en train de leur goutter dessus et faire fondre leur chair. Oh j'imagine que ça brûle, j'imagine que ça donne l'impression d'être en plein milieu d'un incendie, et c'est complètement l'effet recherché. On ne touche pas à la première femme de la mafia finlandaise. Ce n'est pas moi qui le dis, mon père s'est sacrifié pour laisser sa femme vivre. Ça vient d'eux. L'histoire d'amour originale.

L'histoire... d'amour ? Est-elle en train de se répéter ? Est-ce que j'aimerais Eeva, par hasard ? Je me suis senti tellement seul, mal et enragé pendant qu'elle n'était pas là, et j'imagine que c'est ce à quoi ressemble l'amour.

Je secoue la tête et m'empare de ma seconde grenade pour le bouquet final. Je vais faire partir ce manoir en cendres pour ne laisser aucune chance aux connards en train de fondre à l'intérieur. J'ouvre la portière de ma voiture pour pouvoir partir le plus vite possible après ce que je m'apprête à faire. Puis, par la fenêtre que j'ai cassée, je lance la grenade après l'avoir dégoupillé. Juste après, je cours à ma voiture et démarre en trombe tandis que le bruit d'une forte explosion retentit. L'essence devrait aider à faire brûler les pièces rapidement. Mais par mesure de sécurité, je reste à distance raisonnable mais tout de même assez proche pour m'assurer qu'aucun ne parvient à s'enfuir.

Et à ce moment-là, bien que je sois dans ma voiture et que je n'ai aucune fenêtre d'ouverte, je sens une brise frôler ma nuque. Et c'est là que je comprends. Le fantôme de mon père m'a assisté durant toute la mise à mort des agresseurs de ma femme.

# Chapitre 28

**Eeva**

Quatre heures après le départ d'Elías, je suis face au miroir de la salle de bain et je me regarde. Ça doit bien faire vingt minutes que je reste là sans bouger. Je me sens monstrueuse. J'ai tué mon premier amour parce que mon père m'a simplement ordonné de le faire. Certes j'étais un peu plus jeune et beaucoup moins mature que je ne le suis maintenant, mais je me sens quand même extrêmement mal. Et puis à chaque fois que je ferme les yeux, je vois mes agresseurs. Mes yeux sont secs, je ne pleure plus mais je suis brisée de l'intérieur.

Alors, pour pouvoir faire partir la douleur et m'apaiser, une seule solution me vient. Discrètement, je pars fouiller dans les affaires de Liris et m'empare de son rasoir. Je retourne vite dans la salle de bain et le coupe pour ne garder que la lame. Et tandis que je m'assois dans la douche et que mes larmes commencent à couler, je pose la lame sur mon bras et l'enfonce. Une perle de sang coule tandis que je commence à approfondir la scarification. Le sang se fait plus opaque et laisse une grosse traînée qui vient couler sur le sol de la douche. Je plisse les paupières, car ça fait mal. Mais c'est un mal qui me semble nécessaire.

Lorsque je retire la lame, je l'enfonce à nouveau un peu en dessous et retrace la même ligne. Je déchire ma peau et le sang coule. Ça fait mal mais je souffre moins de ça que du viol que j'ai subi. J'ai tué une personne que j'aimais par faiblesse et je n'ai pas été capable de me défendre face à son frère. Je suis pathétique.

C'est comme avec la nourriture. Je me sens mal, je me sens seule et incomprise, et je n'aime pas en parler. Je suis plutôt du genre à garder ce que je ressens pour moi. Alors, j'ai trouvé un autre moyen de l'extérioriser. Ces marques que je fais sur mon corps m'accompagnent. D'un certain sens, je me sens un peu moins seule avec elles, bien que cela puisse paraître complètement fou. Ça m'aide puisque j'en ai besoin et que je n'ai personne vers qui me tourner. Je pourrais me tourner vers Elías, mais je ne veux pas en parler à voix haute, ça ne ferait que me faire plus de mal. Lui parler de ce qu'il s'est passé était déjà bien trop douloureux, et repenser à la tête de mes agresseurs pour pouvoir lui donner des détails physiques sur eux n'a fait que remuer le couteau dans la plaie.

Je me fais deux entailles de plus. Le sang coule mais heureusement, je parviens à ne pas tâcher mes vêtements. Je bande mon bras et enfile un sweat-shirt après avoir rincé la douche pour éliminer toute trace de ce que je viens de faire. Je ne suis pas fière de moi, et je ne veux pas que ceux qui m'entourent apprennent ce que je viens de faire. J'essuie mes larmes et me maquille un tout petit peu pour me donner un teint légèrement plus lumineux. Ils ne doivent rien soupçonner.

Je n'ai même pas pu garder notre enfant en vie. Je ne savais pas que j'étais enceinte, et le découvrir de cette manière m'a brisé le cœur. J'ai de plus en plus de mal à me dire que tout va aller. Je me sens mal.

- Eeva ? retentit soudain la voix d'Elías.
- Je suis dans la chambre.

J'entends ses pas venir vers moi et lorsqu'il pousse la porte, un sourire triomphant lui barre le visage.

- Ils sont tous morts. Et je peux te garantir qu'ils ont souffert.

Je hoche la tête.

- Merci, Elías. Je te suis reconnaissante.

Il vient s'installer à côté de moi.

- Ça va toi ?

Je déglutis péniblement en sentant mon bras me piquer.

- Oui, je mens. Du moins aussi bien que l'on puisse aller lorsqu'en l'espace d'une semaine on perd un enfant, ses deux parents, on se fait agresser sexuellement et on apprend qu'on a assassiné notre premier amour.
- Ma question était bête, je suis désolé.

Je soupire.

- Ne t'excuse pas, tu n'y peux rien. Tout ce qui est arrivé était de ma faute. C'est moi que Sander a toujours voulu. J'aurais dû lui céder dès que nous avons appris qu'il avait tenté d'empoisonner mon café il y a quelques mois. J'aurais dû comprendre le pouvoir qu'il avait et comprendre également qu'il ne s'arrêterait que lorsqu'il m'aurait mis la main dessus. Ça aurait épargné beaucoup de vies.
- Tu ne pouvais pas le savoir.

Et tandis que les larmes recommencent à couler le long de mes joues, je m'allonge sur le lit. Je me sens défaite et toujours aussi vide. Et je me demande si ça va finir par partir un jour ou si je vais devoir y mette fin moi-même.

## Elías

Le lendemain, Eeva passe toute la journée au lit. Elle ne se lève qu'une seule fois pour s'enfermer dans la salle de bain et y rester une bonne dizaine de minutes en pleurant. La voir dans cet état me fout en rogne. Me dire que c'est à cause de ces types qui l'ont agressé me fout encore plus en rogne. Il faudrait que je parvienne à la faire sortir d'ici.

En fin de soirée, je me pose à côté de Liris sur le canapé.

- Elle n'a toujours pas bougé ? demande-t-elle avec un air compatissant.

Je secoue la tête.

- Si je pouvais avoir démembré ces types... j'aurais même pu rapporter le bras de Sander comme preuve du décès de ses agresseurs à Eeva.
- Ça n'aurait servi à rien. Si sa meilleure arme face à tout ce qu'il s'est passé est de rester allongée toute la journée, alors il faut le respecter. Elle aura bientôt besoin de toi, alors lorsqu'elle sera prête à s'ouvrir, il faudra simplement que tu sois là.

Je hoche la tête.

- Et si jamais ça prend plusieurs mois ?
- Alors il va falloir t'armer de patience.

Je soupire. J'espère qu'elle parviendra à aller mieux rapidement. La voir dans cet état m'est vraiment insupportable.

- Tu penses que ses nouveaux traumatismes vont la refaire tomber dans les troubles alimentaires ? Elle commençait tout juste à sortir la tête de l'eau à ce niveau-là.
- Non.

Ce n'est pas Liris qui vient de me répondre. Je me tourne vers Eeva, qui se tient dans l'embrasure de l'entrée de la pièce.

- Tu peux me parler, Elías. Je ne suis pas en sucre, dit-elle en prenant place à côté de moi.

Je la vois poser son bras sur l'accoudoir et froncer les sourcils. Puis, elle se tourne vers moi et reprend la parole.

- Je ne serai pas traumatisée à vie.
- Je vais peut-être vous laisser discuter, dit Liris en se levant et en quittant la pièce.
- Tu peux tout me dire, je lance. Comment tu te sens, si tu as peur, ou même si tu as envie de crier de rage.

Elle baisse le regard.

- C'est compliqué. Je n'ai jamais été le genre de personne à beaucoup parler de moi.

Je préfère tout garder à l'intérieur.
- Ce n'est peut-être pas la meilleure solution dans ce cas-là.
- Oui, tu as raison.

Elle détourne le regard, puis le pose sur ses pieds.

- J'ai cru que cet enfer ne finirait jamais, dit-elle. Ils m'ont fait mal, et pas que physiquement. Pendant qu'ils... le faisaient, ils n'ont pas arrêté de me rabaisser et de m'insulter. Et je suis faible. Je suis putain de faible. Ça m'a beaucoup atteint. Et puis ce n'est peut-être pas la chose que tu préfères entendre, mais savoir que j'ai tué mon premier amour me rend tellement triste. Je me demande si je serais toujours avec lui aujourd'hui si je n'avais pas bêtement obéi à mon père. Et... et je...

Ses larmes reviennent et je lui prends la main.

- Ils sont tous morts, Eeva. Je les ai fait fondre à l'acide.

Elle renifle et tourne la tête vers moi. L'espace d'un instant, je crois apercevoir le coin de ses lèvres se retrousser légèrement, mais il se rabaisse aussitôt.

- Je vais avoir besoin de temps, dit-elle. Avant de pouvoir reprendre une vie à peu près « normale », je veux dire. Je suis désolée mais je serai incapable de te satisfaire dans les semaines à venir. Mais je resterais allongée pendant que tu feras ce que tu auras à faire si tu le désires.
- Qu'est-ce que tu racontes ? Il est hors de question que je te touche, pas après ce que tu viens de subir. Et je pense que tu le sais, tu me connais un minimum pour savoir que je ne te forcerai jamais à le faire.

Elle hoche la tête et pose sa tête contre mon épaule.

- S'il te plaît, ne bouge pas, dit-elle. Ça m'apaise et ça m'effraie d'être si proche de toi.

Je ne dis rien et nous voilà en train de rester ici dans cette même position pendant près de trente minutes. Puis ensuite, elle souhaite partir se recoucher. Alors, je nous prépare rapidement quelques céréales à manger, et je l'accompagne jusqu'à la chambre, où je me couche avec elle.

Je l'entends cogiter, elle a du mal à s'endormir. Elle doit sûrement ressasser ce qui lui est arrivé et ça me tue de ne rien pouvoir y faire. Mais petit à petit, peut-être grâce à ma présence à ses côtés, je la sens se détendre et ses membres se décrispent. Elle bouge de moins en moins et je comprends qu'elle s'endort. Alors, même si mon bras est douloureux à cause de sa tête qui repose dessus et que la position dans laquelle je me trouve n'est pas agréable pour dormir, je ferme les yeux et me contente de tenter de me reposer. Tant qu'elle est bien, c'est tout ce qui compte...

# Chapitre 29

**Eeva**

- *T'es vraiment une bonne pute !*
- *Écarte bien ses jambes, ça va être bon...*

Je me réveille en sursaut avec le cœur battant la chamade et des larmes inondant mes joues. Je viens de cauchemarder de mon agression. C'est insoutenable. Mon cœur et mon âme souffrent, je n'en peux plus. Discrètement, je me lève et vérifie que je n'ai pas réveillé Elías. Heureusement, il dort encore. Je pars dans la salle de bain et m'y enferme. Puis, je soulève la manche de mon sweat, où des dizaines de cicatrices trônent. J'ai recommencé plusieurs fois à me faire saigner. Je l'ai fait trois fois en tout. Et le sang me fait du bien mais ça ne me suffit pas, enfin ça ne me suffit plus.

Je suis mentalement épuisée. Même plus que ça, je me sens morte de l'intérieur. Mon corps brûle, ma peine est immense et mon dégoût de moi-même s'amplifie d'heure en heure. J'ai besoin de voir plus de sang. La quantité des fois précédentes ne me suffit plus. Alors, toujours aussi discrètement, je me place dans la baignoire et pose la lame sur ma peau. Et là, je l'enfonce assez profond, plus profond que d'habitude. Un léger gémissement de douleur m'échappe et je ferme les yeux. Le sang coule tandis que j'agrandis la blessure. Ma respiration se saccade assez rapidement. Je me mets ensuite à m'ouvrir un peu en dessous de ma première scarification de la nuit. Je décide d'appuyer encore plus et mes yeux se plissent de douleur. Au moins, je me sens vivante. C'est une sensation désagréable mais étrange et acceptable. Je la veux alors qu'elle me fait souffrir, parce qu'elle me fait ressentir des sensations. J'ai l'impression de ressentir seulement un immense vide en moi lorsque je ne le fais pas. J'appuie bien fort et le sang coule à flot. Je mords même ma langue pour éviter que ma respiration ne fasse trop de bruit.

Et je recommence. J'enfonce la lame une troisième fois et le sang coule à nouveau. Puis une quatrième fois. Et une cinquième, puis une sixième fois...

Ma vision commence à se flouter. Je m'entends respirer, mais je n'ai pas l'impression de le faire. Puis, je baisse le regard sur mon bras et mes yeux s'écarquillent. Je perds trop de sang. Je perds beaucoup trop de sang. Une petite marre s'accumule dans la baignoire et mon bras est tout rouge. Je crois que j'ai abusé. Mes larmes commencent à couler tandis que je réalise que je viens de faire une grosse connerie. Ça me faisait sentir vivante de faire ça, mais je me demande quel en est le prix à payer. Et puis je réalise que je ne parviendrai jamais à me sentir mieux. Du moins, c'est l'impression que j'ai pour le moment. Alors à quoi bon vivre ? J'enfonce à nouveau la lame dans ma peau et cette fois-ci, un cri de douleur m'échappe. Pourtant, je l'enfonce encore deux fois supplémentaires. Je ne souhaite plus vivre, mais cela fait de moi pire qu'une faible.

Deux options s'offrent alors à moi. Ou je continue et j'abrège toutes mes souffrances, comme je suis bien partie pour le faire, ou je tente de m'en sortir. J'étais en train de tenter de m'assassiner et c'est ce que j'ai envie de poursuivre, mais à côté, l'image d'Elías s'impose dans ma tête. Est-il une raison suffisante pour vivre ? Est-il une raison suffisante pour me battre et espérer m'en sortir ? Je secoue la tête et celle-ci commence à être douloureuse. J'ai l'impression que tout tourne autour de moi.

Il a tué pour moi. Il a risqué de mourir pour moi. Il a rembarré bien des gens pour moi. Il pourrait mourir pour moi.

Et c'est là que la réponse s'affiche comme une évidence dans ma tête. Je dois vivre. Je dois vivre pour lui, pour pouvoir le remercier et lui dire ce que je viens tout juste de réaliser. C'est bien plus que de la reconnaissance que j'éprouve pour lui. Je crois bien que je l'aime.

Tout en pleurant encore et encore, je tente de sortir de la baignoire en posant une main sur le rebord, mais je ne fais que tomber lamentablement de l'autre côté. Mon bras me pique et je ne le sens pratiquement plus. Je le regarde et réalise que je perds bien trop de sang. Je ne pourrais pas m'en sortir toute seule. Alors, même si je sais que ça va lui briser le cœur et même si je ne veux pas qu'il me voit dans cet état, je décide de nous donner notre chance.

- Elías ! je crie.

Il n'y a aucun bruit, alors je crie à nouveau.

- Elías ! J'ai besoin d'aide !

Je commence à entendre du bruit dans la chambre. Il a dû se lever.

- Eeva ?
- Je suis dans la salle de bain, la porte est verrouillée. Aide-moi, je vais mourir !
- Hein ?? Éloigne-toi de l'entrée, j'entre !

Et il défonce la porte d'un coup de bras. Dès qu'il me voit et observe la pièce pleine de sang, il s'approche de moi et s'agenouille à mes côtés. Il comprend ce qu'il se passe, il comprend ce que j'ai fait, et à ce moment-là je donnerais tout pour pouvoir revenir dix minutes en arrière et ne jamais me lever du lit. Je me redresse tant bien que mal pour me rapprocher de son visage, mais je me sens déjà partir.

- Eeva, parle-moi ! Tiens bon, je t'en prie...

J'entends la panique comme je ne l'avais encore jamais entendu dans sa voix. Il ne sait pas si je vais pouvoir m'en sortir ou non, il n'a pas la situation en main, comme lorsque je me suis faite enlever et ça semble presque le terrifier. Je sens de l'eau goutter sur mon visage, mais ce n'est pas n'importe quelle eau. Ce sont des larmes. Elías est en train de pleurer. Il a sincèrement peur pour moi. Il veut que je m'en sorte. Mais je n'ai plus assez de force pour lutter, je perds beaucoup trop de sang. Mes paupières commencent à se fermer doucement.

- Elías... je suis désolée... je suis vraiment désolée pour ma personne... mais... merci. Merci pour tout et je...

Je faiblis et glisse lamentablement au sol. Je redresse le visage dans sa direction et tente de terminer ma phrase.

- Je... je t'...

Mais je suis trop faible et mes yeux se ferment sans que je n'ai le temps de terminer ma phrase. Puis je ne ressens plus rien. Un vide immense s'empare de moi, et je m'effondre contre le sol froid de la salle de bain.

# Chapitre 30

**Elías**

Le cercueil est debout face à moi, mais je ne le vois même pas. Je n'ai même pas la tête à ça.

- Ça va ? demande Liris en posant une main sur mon épaule.

Je ne lui réponds pas. Je ne fais que penser à Eeva. Je lève la tête sur le cercueil et un soupire m'échappe.

- Aujourd'hui nous sommes réunis pour la mise en terre d'une personne estimée. Un important membre de la famille Mulligan.

Et tandis que l'homme de main poursuit son texte, je me lève. Je devais juste faire acte de présence deux minutes ici. Puis, je prends ma voiture et commence à rouler. Je roule vite, pour vite aller la retrouver.

Je me gare devant l'hôpital et pars rejoindre Eeva dans sa chambre, surveillée en permanence par des hommes surentraînés à qui je voue une confiance sans nom. Elle ne s'est pas encore réveillée, mais ses jours ne sont apparemment pas comptés.

- Monsieur Mulligan, font les hommes en me saluant d'une révérence.

Être chef me permet quelques exigences idiotes, notamment qu'ils s'inclinent devant moi comme si j'étais un roi. Puis, j'entre et observe ma femme, le bras bandé.

- Tu aurais dû me parler, Eeva.

Je soupire et regarde ses battements cardiaques sur la machine à laquelle elle est reliée.

- On n'est peut-être pas un couple qui s'est marié par amour, nous sommes un couple loin d'être ordinaire et pourtant, ça a vite marché entre nous.

Un énième silence me répond.

- J'étais à l'enterrement de ton père aujourd'hui. J'ai fait en sorte que ce salaud soit enterré à la place la plus banale possible du cimetière Mulligan, il ne méritait pas mieux.

Je l'observe dans son sommeil. Elle est magnifique et paraît si paisible comme ça.

- Découvrir que tu as aimé quelqu'un avant de te marier avec moi ne me plaît pas tant que ça, mais maintenant c'est du passé, cette relation. Et puis je serais mal placé pour te juger, je me suis tapé un bon paquet de filles avant que nous nous marrions.

Je soupire à nouveau.

- Je voudrais seulement que tu te réveilles pour que je puisse te dire que je suis prêt à tout pour toi.

Je ferme les yeux et pose ma tête sur mes mains. Puis, j'entends un léger bruit provenir de son lit et quelques mots étouffés.

- Je... je suis sûre que tu ne serais pas capable de... de tatouer mon prénom sur tes paupières...

Je redresse la tête et l'observe. Ses yeux sont toujours fermés mais un léger sourire est bel et bien présent sur ses lèvres.

Un sourire naît sur mon visage et je lui prends la main.

- Je ne plaisantais pas en disant cela. Je suis prêt à tout.
- Et je te crois, Elías.

Elle ouvre les yeux et se redresse dans le lit en grimaçant.

- Si tu n'avais pas défoncé la porte, je serais probablement morte à l'heure qu'il est. D'ailleurs... vais-je m'en sortir ?

Je hoche la tête. Alors, elle approche la sienne de la mienne et vient déposer un baiser sur mes lèvres.

- Tu tires une tête d'enterrement, lance-t-elle ensuite.

Un rire m'échappe tandis qu'une infirmière entre.

- Madame Mulligan, vous voilà réveillée ! Il va falloir que je vous explique quelques petits détails quant au traitement que vous allez devoir suivre pour la guérison de votre bras.

Elle hoche la tête et lâche ma main, ce qui me fait comprendre que c'est le signal. Elle n'a pas envie de parler de sa tentative de mettre fin à ses jours à côté de moi.

Alors, je respecte son choix et me lève, puis quitte la pièce après l'avoir salué.

Maintenant, j'ai un truc à faire. Je reprends ma voiture, contact le salon de tatouage le plus proche et m'y rend. Comme preuve de mon amour pour elle et également pour lui montrer que je le pensais vraiment quand je lui ai dit que j'étais prêt à tout pour elle, je vais aller me faire tatouer son prénom sur mes paupières. C'est sans doute fou et improbable, mais avec un peu d'argent on peut tout avoir. Alors lorsque j'arrive, bien déterminé, je passe le pas de la porte, carte de crédit en main.

**

Je ressors deux heures plus tard avec un nouveau tatouage et sans aucun bandage. Lorsque j'ai grandi dans la mafia, j'ai été entraîné à résister aux pires tortures et sévices, alors je souffre à peine. J'espère simplement que l'idée plaira à Eeva.

J'ai tatoué son prénom sur chacune de mes paupières et le tatouage ne se voit que lorsque je ferme les yeux. Je suis persuadé que ça la fera rire et que ça lui remontera le moral. J'espère qu'elle parviendra à aller mieux.

Une fois de retour à l'hôpital, j'entre dans sa chambre et aperçois qu'elle est en train de dormir. Alors, décidé à la laisser se reposer, je reste auprès d'elle et m'assure que sa couverture est assez remontée. Puis, je pose ma tête dans ma main et à mon tour, je finis par m'endormir à côté de mon épouse.


**Eeva**

Je me réveille avec les paupières lourdes. Je ne sais pas quelle heure il est, mais la nuit est tombée et j'ai probablement dormi très longtemps. Elías dort à côté de moi, assis sur une chaise, et je m'en veux de lui imposer ça. Il ne voulait sans doute pas se marier et il a tout de même eu une femme. Et pas une femme sans souci qui aurait su rester tranquille et docile, non, il a eu une femme avec un passé compliqué, amnésique et mentalement instable. Il ne mérite pas tout ça. Il m'a toujours bien traité. Il n'a jamais levé la main sur moi, il n'a jamais eu de mots blessants à mon égard, et il m'a toujours respecté. La seule chose que je lui ai apporté en échange, ce sont des problèmes.

Je soupire et lui caresse la joue. Puis, je remarque quelque chose de changé sur son visage, quelque chose de nouveau. En me penchant un peu plus vers lui, je remarque avec surprise qu'il a tatoué mon prénom sur ses paupières. Je porte alors ma main à ma bouche et ne peux empêcher un énorme sourire de prendre place sur mes lèvres. Une expression attendrie se dessine sur mon visage tandis que je me lève pour aller me prendre un café. Je sais que ce n'est pas bon, et j'en profite donc qu'il soit endormi pour pouvoir aller m'en chercher un.

Alors il a réellement gravé mon prénom sur ses paupières... ça ne fait que renforcer l'amour que je lui porte, dont je ne me rendais moi-même pas compte il y a encore quelques jours de ça.

Une fois devant la machine, je prends un café noir et observe les couloirs vides tout en le sirotant. Tout me parait si calme... même trop calme.

- Tiens tiens tiens, on boit un coup ?

Et je reconnais immédiatement sa voix. C'est le type qui a planté une seringue pleine de drogue dans mon bras pour pouvoir me kidnapper il y a deux semaines, et qui a abusé de moi. Mais cette fois-ci, je ne me laisserai pas faire. Alors, je fais la première chose qui me vient en tête. Je me retourne brusquement et lui balance mon café brulant au visage. Un hurlement de douleur lui échappe et ces quelques secondes d'inattention me permettent d'attraper l'arme qu'il tenait dans sa main droite et de la tourner contre lui.

- À genoux ! je hurle.

Il s'exécute assez rapidement.

- C'est marrant comme la situation est plus agréable lorsque c'est moi la menace, je lance sarcastiquement.

Il ne dit rien et se contente de me détailler de haut en bas.

- Ton putain de canard de mari a tué tous mes collègues et mon patron ! Il va le payer !
- Ah oui et à qui ? Il les a tous tué et le seul survivant sera mort dans moins d'une minute. Je parle de toi, au cas où tu ne l'avais pas compris.

Il grommelle des insultes inaudibles entre ses dents alors je m'approche de lui et le frappe avec la crosse de l'arme. Il saigne et je me délecte de ce spectacle.

- On ne touche pas à une Mulligan sans conséquences, connard.

Et ce sont les dernières paroles qu'il entend avant de mourir d'une balle en plein cœur. Inconsciemment, je réalise que je n'étais pas encore remise car je n'avais pas pris ma revanche moi-même. Et cette fois-ci c'est fait.

- Merde Eeva, il se passe quoi ici ? retentit une voix dans mon dos et je reconnais celle d'Elías.
- Tu m'as dit que tu les avais tous tué... eh bien l'un d'entre eux est parvenu à s'en sortir. Enfin... pour quelques jours seulement. J'ai pris ma revanche.

Je me tourne vers lui et un demi-sourire se dessine lentement sur mes lèvres.

- Maintenant je me sens prête à essayer de surmonter ça. Mais pour cela, je vais avoir besoin de ton aide. Seras-tu prêt à m'aider et à m'épauler durant ma sortie des Enfers ?

Un sourire se glisse sur ses lèvres tandis qu'il s'approche de moi et dépose un baiser sur mes lèvres.

- Je t'aime, Eeva Mulligan, et tu peux être sûre que je serai tout le temps qu'il faudra à tes côtés.

Je l'embrasse à nouveau.

- Je t'aime aussi Elías, tout autant que j'aime ce nouveau tatouage sur tes paupières... merci. Merci pour tout.

Et nous nous embrassons à nouveau.

Je ne peux pas me garantir à moi-même que ça va aller, qu'à l'avenir je parviendrai à aller mieux. J'ai énormément souffert mais j'ose espérer que le plus gros est derrière moi. J'ai désormais à mes côtés un homme que j'aime et qui m'aime, et ce cadeau est inestimable. Mes ennemis sont morts, la mafia va se reconstruire petit à petit et j'espère parvenir à guérir de tous mes maux mentaux et physiques. Je ne doute pas une seconde que j'y parviendrai avec Elías à mes côtés. Il m'a donné une force que je ne savais même pas posséder et désormais, je pense être prête à commencer ma remonté vers le sommet de la pente. Je suis une femme mafieuse libre grâce à un mari respectueux et aimant, je suis une femme libre dans un monde d'hommes bien trop caractériels et bien trop sexistes. Mais je suis avant tout une femme qui souhaite désormais s'épanouir et chasser les fantômes de son passé. J'en suis capable, et je le ferai. Et ça, grâce à mon mariage dans la mafia avec le chef mafieux le plus attirant qu'il m'ait été donné de rencontrer et par-dessus tout, d'aimer...

# Épilogue

**Neala**

- Il a refusé de prendre ses médicaments, c'est bien cela ?
- Oui madame Mulligan, il ne va vraiment pas bien.

Je pousse un soupire et pousse les portes de la clinique en me demandant dans quel état je vais retrouver mon fils.

- Il est sanglé dans sa chambre. Je dois vous prévenir qu'il est sacrément amoché au visage car il s'est beaucoup débattu et s'est même cogné la tête dans un coin de mur, ajoute le médecin.

Je plisse les paupières et soupire. J'espère qu'Elías va bien.

- Merci, vous pouvez nous laisser.

Il hoche la tête et le voilà qui s'en va. Une fois qu'il est loin, je pousse la porte et fais bien attention à la refermer derrière moi. Puis, je m'approche du lit de mon fils, auquel il est sanglé.

- Bonjour, Elías.
- Mère, me salue-t-il amèrement.
- Je suis désolée qu'ils t'aient attaché comme un vulgaire animal.
- Je suis le chef de cette putain de mafia, ils me doivent le respect ! Je leur arracherai à tous le cœur un par un et je ferai en sorte qu'ils souffrent !
- Elías... je fais en posant ma main sur son bras, qu'il tente immédiatement de retirer.

Il est exactement comme son père, il hait le contact physique.

- Pourquoi est-ce que tu as piqué une crise quand on t'a demandé de prendre tes médicaments ?

- Tu sais ce qu'a osé me dire le docteur Schengen ?? Il m'a dit que lorsque je les prendrai Eeva disparaîtrait !

Un sourire triste se dessine sur mes lèvres et je sens une larme couler.

- Eeva m'a dit qu'elle m'aimait, maman...
- Elías... c'est malsain, tu leur as même donné un prénom...

Il fronce les sourcils.

- De quoi est-ce que tu parles ?
- Des voix dans ta tête...

Il commence à se débattre.

- Arrête de parler d'elle comme ça ! Je l'aime !

La schizophrénie est ce qui a fini par tuer son père... et ce qui finira par le tuer lui aussi.

- Il faut que tu prennes tes médicaments, Elías.
- Non. Je ne veux pas qu'Eeva disparaisse.
- Mais Eeva elle... elle n'existe p...
- SI ELLE EXISTE !

Je sursaute et recule brusquement. Dès son plus jeune âge, j'ai compris qu'il était aussi malade que son père. Je me suis même demandée si ce n'était pas encore pire... et ça l'est devenu il y a quelques mois lorsqu'il a commencé à tomber amoureux des voix dans sa tête, allant jusqu'à leur donner un prénom, « Eeva »...

- Je prendrai soin de toi, dit-il.

Il parle tout seul. Enfin d'après lui, il parle avec elle.

J'ai cru qu'il y avait un espoir lorsqu'il a commencé à prendre ses médicaments de plus en plus régulièrement. J'ai espéré un avenir ainsi qu'un destin différent que celui de son père pour lui, mais malheureusement je n'ai pas réussi à aider mon fils. J'ai tout fait pour qu'il grandisse dans un milieu aimant et qu'il soit bien entouré, mais il faut croire que cela ne fait pas tout.

- Dis-moi maman, quand est-ce que je sors de cette putain de clinique ? Ça fait cinq mois que je suis enfermé ici, il y a de quoi rendre fou un homme !
- Tu sortiras lorsque tu iras mieux et que tu prendras tes médicaments.
- Je ne ferai jamais ça.
- Alors je suis désolée de t'annoncer que tu ne sortiras pas d'ici de sitôt.

Un cri de rage lui échappe.

- Eeva a raison tu sais, elle m'a dit de te tuer tout comme tu as tué mon père ! Le seul qui aurait pu me comprendre parmi tous ces enfoirés de mafieux qui me dévisagent comme si j'étais une putain de bête !

Il commence à se débattre mais ses sangles sont bien trop épaisses pour qu'il ne puisse espérer les casser.

- Je fais ça pour ton bien car j'ai justement côtoyé un homme malade comme toi. Je veux t'aider, je ne veux pas que tu finisses comme lui.
- Et t'entends quoi par là au juste, hein ?? Tu es cn train de dire qu'on m'a enfermé ici pour ne pas me tuer comme t'as tué ton putain de mari ??

Une larme roule le long de ma joue et je lui tourne alors le dos. Je l'entends soupirer bruyamment.

- Je ne te tuerai jamais, Elías, et tu le sais très bien.
- Non, non je ne le sais pas.

Je me retourne vers lui, plusieurs larmes dévalant désormais mes joues.

- Arrête de pleurer je vais me sentir coupable, lance-t-il sarcastiquement.

Je ne dis rien et le regarde. Un faux sourire naît ensuite sur ses lèvres.

- Si ça peut te rassurer, je n'ai pas prévu de te tuer une fois que je me serai échappé d'ici, malgré ce qu'Eeva me murmure. Tu es ma mère tout de même, et j'ai un minimum de respect pour les gens de ma famille. En revanche évite de m'approcher lorsque je serai en période de crise, car je ne saurai te différencier d'un autre banal être humain.

Je hoche lentement la tête. Puis, je m'approche de lui et lui prends la main pour venir y déposer une clé. La clé des sangles qui l'empêchent de bouger.

- Je t'attends dans la voiture, je chuchote alors. Je pense qu'on a assez joué la comédie devant les hommes de Carita. C'est pratique de savoir pleurer sur commande. On ira régler leurs comptes à ceux qui t'ont fait enfermer ce soir même.

Les cinq mois qu'il a passé ici ont permis aux hommes de Carita de baisser leur garde et de moins se méfier de ses potentielles tentatives d'évasion. Elías m'adresse un sourire et bien que mon fils soit perturbé, fou allié et même complètement hystérique, il ne me fait pas peur. J'ai déjà côtoyé un homme comme lui par le passé, et vouloir le contenir n'a fait qu'empirer les choses. Mon fils ne connaîtra pas le même destin. Tuer et torturer me manque, et cette fois je compte bien reprendre le boulot avec lui et ses voix dont il est tombé amoureux. Je fais mine de le saluer en essuyant mes fausses larmes, puis sors de sa chambre, là où les gardes ont pu suivre toute notre fausse conversation, ses fausses menaces à mon égard ainsi que ma fausse naïveté.

*Tranche-leur la gorge.*

Oh ne t'en fais pas pour ça, Elías s'en chargera bien dignement dans quelques minutes...

**Fin**

*Note de l'auteur*

Ahah. Bon. Je suis persuadée que vous ne vous y attendiez pas à celle-là. J'espère que vous avez tous bien compris cette fin, dans laquelle on découvre qu'Eeva n'était qu'un personnage inventé dans la tête d'Elías, qui était en fait enfermé depuis plusieurs mois dans une clinique pour guérir de son trouble schizophrène, le même trouble dont souffrait son père. Et sa mère est venu le sortir de là, en prétendant se soucier de sa santé mentale et d'accepter qu'il soit enfermé alors qu'en réalité, elle vient l'aider à s'enfuir de là pour qu'elle et son fils puisse recommencer à diriger la mafia tous les deux...

J'ai adoré écrire ce livre et développer la relation et le côté très mental de mes personnages et surtout celui d'Eeva. Moi-même je n'étais pas persuadée d'écrire cette fin à mon livre, mais je voulais lui donner une fin aussi marquante que celle de The Mafia's Doll.

Je vous embrasse et espère vous revoir dans de nouvelles lectures prochainement.

Si vous le souhaitez, venez me rejoindre sur Instagram et Tiktok :
« laura_dce.wattpad »

Prenez soin de vous, Laura.

Printed in France by Amazon
Brétigny-sur-Orge, FR

13763766R00100